KB122534

엄마,
죽지 마

Letter
to Mother

엄마,
죽지 마

Letter
to Mother

ESSAYS &
CARTOONS BY
PARK KWANG SOO

박광수
쓰고,
그리다

contents

제 책장 상단에는 '엄마'라는 제목의 책이 꽂혀 있습니다.

어쩌면 책장이 처음 만들어진 날부터 그곳에 꽂혀 있었던 그 책은,
먼지가 잔뜩 쌓인 채로 아주 까마득한 예전부터 그곳에 있었습니다.
오래전부터 그 자리에 꽂혀 있었기에 한 번쯤 꺼내 읽어볼 법도 한데
그 오랜 시간을 지나 오면서도 단 한 번도 읽으려 하지 않았습니다.
'엄마' 책은 오랜 세월만큼이나 켜켜이 먼지가 쌓여 있었고,
누가 디자인했는지 모르지만 표지 디자인은 촌스럽고,
내지 종이는 삭아서 조금이라도 힘을 주어 만지면 금방이라도
손안에서 바스라질 것 같았습니다.
그런저런 핑계로 낡은 '엄마' 책을 읽기보다
언제나 깨끗하고 세련된 새 책에 눈이 가고 손이 갔습니다.
새로운 책을 읽기 위해 책장을 뒤지다가
간혹 '엄마'라는 책이 눈에 들어와도
'언젠가 읽어야지'라고 생각했을 뿐 읽으려 하지 않았습니다.
늘 그 자리에 꽂혀 있었기에 내가 마음만 먹으면
언제든 읽을 수 있다고 생각하며 읽기를 또 다음으로 미루었습니다.
많은 시간이 지난 오늘에서야 처음으로

먼지 쌓인 '엄마' 책을 조심스럽게 꺼내 듭니다.
책 위에 쌓인 먼지를 손으로 닦아내니
촌스럽지만 왠지 정겨운 표지와 푸른곰팡이가 드러납니다.
세월 속에 빛바랜 표지의 색들이 왠지 모를 안도감을 선사합니다.

표지를 열어 본문을 찬찬히 읽어봅니다.
페이지를 넘길 때마다 여간 조심스러운 게 아닙니다.
세월에 낡아버린 '엄마' 책은 조금이라도 힘을 가하면
금방이라도 내 손 안에서 바스라질 것처럼 연약하니 말입니다.
팔십칠 년의 생이 기록된 '엄마' 책은 수분이 다 날아가
엄마의 육신만큼 너무나도 가볍습니다.

한 페이지, 두 페이지 책을 읽을수록 의아한 생각이 들었습니다.
책의 제목은 '엄마'인데 내용은 온통 제 이야기뿐입니다.
본문 속으로 발을 더 깊게 들일수록 제 이야기로
가득한 책 내용 때문에 심장 박동은 걷잡을 수 없을 만큼 빨라지고,
볼은 뜨거운 불에 데인 것처럼 붉어졌고,
온몸의 피가 빠르게 역류하는 듯한 느낌에 어지러움을 느끼며

바닥에 주저앉고 말았습니다.
펼친 본문 위로 제 눈물이 떨어졌습니다.
'엄마' 책을 읽으면 엄마의 꿈이 무엇이었는지,
엄마는 어떤 것들을 좋아했고,
어느 곳에 가보고 싶었는지 알 수 있을 거라 생각했는데
내 생각과 달리 '엄마' 책에는 본인의 이야기는
단 한 줄도 적혀 있지 않았습니다.
분명 '엄마' 책의 주인공은 엄마여야 하는데 마치 책의 주인공이
지은이의 실수로 바뀐 것처럼 온통 제 이야기뿐이었습니다.

엄마는 어떤 사람이었을까?

엄마도 한때 소녀였고,
내가 알지 못하는 꽃다운 시절에 누군가와 사랑도 했을 테고,
꿈도 있었고, 가보고 싶은 곳도 많았을 것입니다.
좋아하고 사랑하던 그 모든 것들을 뒤로하고 삶의 지난함과
괴로움을 참고 견디며 고생스럽게 살고 싶어 하는 사람은
엄마뿐만 아니라 이 세상에 그 누구도 없을 것입니다.

하지만 내가 본 엄마는 늘 그러하였기에
그 삶이 엄마의 역할이라고 생각하며
당연하게 여겼는지도 모릅니다.

그제야 잘 알고 있다고 생각했던 엄마가 어떤 사람이었는지
너무 모르고 살았다는 생각이 들었습니다. 내가 엄마를 잘 안다고
생각한 건 순전히 저 혼자만의 착각이었습니다.
엄마는 제 삶을 가장 가까이에서 지켜보며 응원해주셨는데
정작 저는 엄마가 어떤 사람이었는지조차
전혀 알지 못하고 살았습니다.

많이, 아주 많이 늦었지만
이제 내가 기억하는 엄마를 적어보려 합니다.

봄날 햇살처럼 따뜻했던 분,
자신의 몸을 태워 내 삶의 등대가 되어주셨던 분,
못난 아들을 지치지 않고 끝끝내 응원하셨던 분,
당신의 아들로 살게 해주셔서 감사하고 또 감사합니다.

나의 등대가 꺼졌다

1934.5.11
-
2020.9.17

엄마,
조금 쉬었다
다시 만나요

THE
1ST
LETTER

잘

잘 도착
하셨나요?
잘 도착하셨으면
손 한 번 크게
흔들어주세요.

여기 멀리서도
잘 볼 수 있게 말이에요.

다음 생에는

엄마, 다음 생에는 더 좋은
부모 만나서 고생 없이 사세요.
평생의 한이셨던 공부도 많이 하고,
연애도 많이 하다가 멋진 남자 만나서
많은 사람들의 축복을 받으며 결혼하세요.
가정 폭력도 없고, 무시도 없고, 존중과 배려,
그리고 사랑만 가득한 결혼 생활 하세요.
지금처럼 속만 썩이는 아들 넷 낳아 고생하지 말고,
부디 엄마 말 잘 듣고 똑똑하고 귀엽고 착한
아들 딸 둘만 낳아 오랫동안 행복하게 사세요.
제발 부탁인데, 치매 같은 몹쓸 병 걸리지 마시고
하늘로 돌아가는 날까지 건강하게 사시다 가세요.

전, 당신의 행복을 위해 다음 생에는
당신의 아들로 태어나지 않을게요.
대신 다음 생에 길을 걷다 당신을 만나면,
당신이 전생에 내 엄마였다는 것을
한눈에 알아보고 당신을 꼭 안아줄게요.

지금과 달리 행복하게 사는
당신을 보면 난 너무 기뻐서 그 자리에서
펑펑 울어버릴 거예요.

엄마, 다음 생에
행복하게 다시 만나요.

엄마의 시계

쉴 틈 없이 째깍째깍 돌아가며
정확한 시간을 가리키던 엄마의 시계는,
세월에 무뎌진 톱니로 인해
조금씩 틀리다가 어느 날 멈춰 서버렸다.

시계 뒷면을 열어 내부를 살펴보니
나선형 미로처럼 생긴 금속 태엽 스프링이 끊어져 있었다.
무언가 용두를 무리하게 돌려 태엽을 감다가
그 탄성을 이겨내지 못한 낡은 스프링이
외마디 비명을 지르며 끊어진 모양이다.

끊어진 태엽을 고쳐볼까,
생각하다 멈칫한다.
오늘에서야 고단한 쳇바퀴에서
내려왔으니까 좀 쉬게 둬야지.

시간은 잠시
멈춰 서도 괜찮으니.

어떤 흥일

천국의 집에 가면
안식을 취한다고 들었는데,
엄마는 그곳에서도
밥하고, 빨래하고,
청소하느라 바쁜가 보다.

너무 바빠 좀처럼
시간이 안 나는지
내 꿈속에도 못 오시네.

오늘은 좀 쉬시고
내 꿈에
들러주셨으면 좋겠네.

쉼표

당신과 나 사이에
놓인 마침표에
짤막한 작은 선 하나를
덧대어 쉼표로 고쳐본다.

엄마,
우리 조금 쉬었다
다시 만나요.

엄마가 기다리신다

나중에 효도할게요.
나중에 멋진 옷 사드릴게요.
나중에 좋은 곳으로 함께 여행 가요.
나중에 제가 맛있는 밥 사드릴게요.
나중에 멋진 집 지어드릴게요.
나중에 많이 많이 웃게 해드릴게요.

꼭 지킬 거라던 나의 약속을
엄마는 웃으며 기다린다 했지만,
내 삶의 소소한 일들에 밀려
그 '나중'은 한없이 미루어졌다.
진심이 아니었다고 할 수 없지만
결국에는 수많은 거짓말이 되었다.

엄마와의 약속을 미루게 했던
그때의 어마어마하게 중요했던 일들은
어떤 일이었는지 기억에도 없고,
지켜지지 않은 내 수많은 약속은
고단하게 기다리던 엄마의 가슴에
크고 작은 생채기로 남아버렸다.

그래서 엄마는 나를 볼 때마다
그렇게 안쓰러운 미소를 지으셨나 보다.

색연필

사람들은
색연필을 닮았다.

자주 사용하는 색연필이
빨리 닳아 없어지는 것처럼,
나에게 가장 소중했던 사람들도
내 곁을 가장 먼저 떠나가더라.

비어 있는
자리가 서럽다.

강 건너 풍경

엄마가 건너간 강 건너편에는
어떤 풍경이 있는 걸까?

조금의 안식,
약간의 위로.

그곳이 얼마나 좋길래
원래 계시던 이곳을 잊고
영영 돌아오시지 않는 걸까?

요동치는 평온,
잠식되는 영혼.

당신이 떠나버린
이곳의 풍경.

잠시 세상에 머물다가
가는 것은 정한 이치지만
밤이 되면 산의 골짜기마다
부엉새들이 날아 들어와
밤새 눈을 뜨고 부엉부엉
슬프게 울어댄다.

당신이 떠난 밤
이불의 골짜기마다
눈물 강이 흐른다.

낮이 조금
짧아졌다.

빈자리

엄마의 빈자리가 너무 커서,
난 그곳에서 가끔 야영도 하고,
심장이 터지기 직전까지 뜀박질도 하고,
아무도 찾지 않지만 숨바꼭질 놀이도 하고,
하하 호호 웃기도 하고, 엉엉 울기도 한다.

당신이 떠난 자리가
너무 크고 넓어서.

댓글

당신과 나의
생 사이에는
아무리 더듬어봐도
이음새가 없다.

마음속 그 집

집이 있었다.
내가 어디서 머물든,
내가 어느 곳에 살든,
언젠가는 꼭 다시
돌아가고 싶은 마음속 그 집.

지친 발걸음으로 문을 열면
그 집에는 언제나 밝은 얼굴로
나를 반겨주시는 엄마가 있고,
지친 나를 위해 지어주신 밥은

그간의 모든 힘든 일들을
다 잊을 만큼 따뜻했다.

엄마를 잃은 자식들은
따뜻한 밥을 마주할 때면,
엄마가 기다려주던 그 집을
가장 먼저 떠올리곤 한다.

전속력으로 달려
엄마의 품에
안기고 싶은 밤이다.

바보 같은 말

당신을
잊지 않을게요.

어차피
잊을 수도 없는데,
바보 같은 말을
해버렸다.

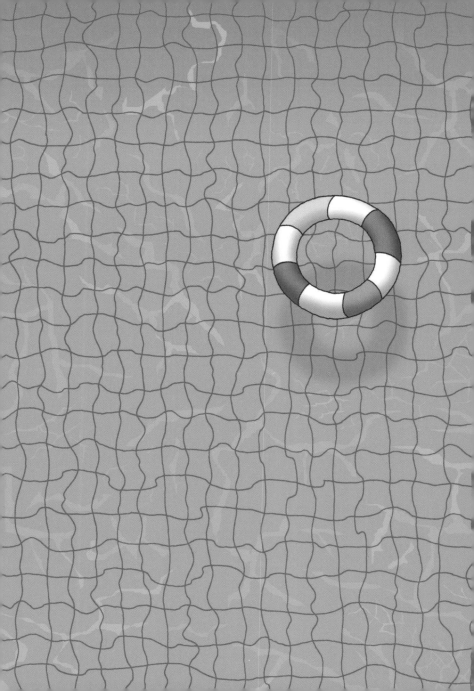

그 사이

봄과 여름 사이를
설명할 길이 없어요.
여름과 가을 사이를
설명할 길이 없어요.
가을과 겨울 사이를
설명할 길이 없어요.

딱히 이름도 없고
설명할 수도 없지만
분명 있는 그것 말이에요.

당신이 떠난 날에
내 마음이 그랬어요.
슬픔이었는지 안도였는지
모를 불분명한 마음.

계절의 사이마다
우는 일조차
자유롭지 않은 날들.

알면서도

첫사랑을 앓던
그 시절에도
그녀의 동네를
서성이곤 했다.

우연을 가장해서
그렇게라도 만나고 싶었지만
내가 바라는 그런 우연은
쉽사리 일어나지 않았다.

엄마와 함께 살던
동네의 벤치에 앉아본다.
이곳에 더 이상 내가
그리워하는 사람이 살지 않지만
나는 아직 이곳을 서성인다.
알면서도 그리하는
바보 같은 마음이다.

너무 너무 너무

"엄마가 보고 싶죠?"라는
누군가의 갑작스러운 물음에
이미 전부터 금이 간 뚝은
한꺼번에 무너져버렸다.

너무
너무
너무
너무
너무
너무.

라고 답하고
한참 동안 울고 말았다.

굳은살

걷고, 걷고
또 걸을게요.
다리가 아파
쩔뚝거리면서도 또 걷고
또 걸으면서 닳아질게요.

그렇게 한참을 걷다 보면
내 뒤꿈치처럼 내 슬픔도
둥글게 닳아질 거예요.

날 선 모든 것들이
둥글게 닳아질 때까지
오랫동안 걸어볼게요.
그러다 보면 슬픔에도
굳은살이 박히겠죠.

안심

울고 있는 나에게
다정한 누군가가
내 손을 잡아주며
아무 문제 없다고
말해주면 좋겠다.

다 그렇다고,
모두 다 나처럼
슬픈 거라고 말해주며
내 등을 토닥이며
날 안심시켜주면 좋겠다.

너무 많이
울고 있는 나에게.

거꾸로 강을 거슬러

강가에 다다라
꽃잎 한 송이 띄워보니
강물이 어디서 왔다가
어디로 흘러가는지 알겠습니다.

내 마음 한 잎 조심스럽게
강물에 띄워 보내니
거꾸로 거꾸로 거슬러 올라
당신 계신 곳으로 흘러 맴맴
소용돌이치며 그곳에 머뭅니다.

어찌 이리
흘러 내려온 곳으로
흘러 올라갑니까.

광수가
광수 놈에게

광수가 내게 묻는다.

슬프냐고.

나는 대답한다.

슬프다고.

광수 놈이 내게 묻는다.

은근 이 상황을 바란 건 아니였냐고.

나는 대답한다.

그랬는지도 모른다고.

광수가 내게 묻는다.

그립지 않냐고.

나는 대답한다.

그립다고, 그리워서 미치겠노라고.

광수 놈이 내게 묻는다.
차라리 잘된 일이 아니겠냐고.
나는 대답한다.
그녀를 위해서 차라리 그럴지도 모른다고.

광수가 내게 묻는다.
잊지 않고 살아갈 수 있냐고.
나는 대답한다.
어떻게 잊을 수가 있냐고.
광수 놈이 내게 묻는다.
잊지 않고 살 자신이 있냐고.
나는 대답한다.
괴로운 기억은 더러는 잊혀지길 원한다고.

광수가 묻는다.
올라가는 길이었냐고.
광수 놈이 묻는다.
내려가는 길이었냐고.
나는 대답한다,
올라가는 길이었는지
내려가는 길이었는지
그만 잊었노라고.

체기

부채표 활명수를 마시고
아파트 뒤뜰을 거닌다.
한참을 걷다 집으로 들어와
열 손가락을 명주실로 꽁꽁 묶고
열 손톱 밑을 바늘로 찔러
검은색 사연을 쏟아낸다.

아는 모든 방법을 썼지만,
사연이 깊어서인지
체기는 내려가지 않는다.

명치끝에
엄마가 걸려 있다.

기억의 우물

당신과의 행복했던
추억을 떠올리기 위해
기억의 우물 속으로
두레박을 내렸다.

두레박에 처음 퍼 올려진
기억은 슬픈 기억이었다.
서둘러 다시 두레박을 내렸지만,
다시 퍼 올려진 기억마저도
슬픔 가득한 기억이었다.
몇 번을 다시 던져도
마찬가지였다.

분명 행복했다고 믿었던
기억 앞에서 운다.

우는 사이 우물이
조금 더 깊어졌다.

따뜻한 착각

기차를 타고
시골 마을을 지나노라면
오래전에 살다 떠나온
내 고향 같다.

서울 토박이인데도
시골 굴뚝에서 하얀 김이 나는
따뜻한 풍경을 보면
아주 오래전 그곳에서 엄마와
함께 살았다는 착각이 든다.

김이 모락모락 오르는
시골 어느 집이라도
문을 열고 들어가면 엄마가
상을 차려놓고 맞아줄 것 같다.

따뜻한
풍경만 보면.

법문

제자가 성철에게 물었다.
"이 몸뚱이를 버릴 때는 어떤 각오가 있어야 합니까?"

"우리의 육신은 우리가 걸친 옷에 비유할 수 있지.
육십 년, 칠십 년 오래 입다 보면 옷이 낡아 저절로 떨어져.
옷이 떨어져서 바꿔 입는다고 생각하면 괴로울 것도 없고,
평생 입은 옷이니까 아까울 것도 없는 일이지.
옷이 오래되면 낡고 떨어지는 것은 정해진 이치거든.
그 육신을 벗어버리면 다른 옷을 입게 되는 거야.
옷을 아무리 바꿔 입는대도 그 사람 자체는 안 변해.
그래서 옷을 따라갈 이유도, 옷을 볼 필요도 없어."

나는 아직
엄마가 벗어 놓고 가신
낡고 떨어진 옷을
놓지 못하고 있다.

나는 어디로

어떤 때의 나는
길을 찾으려는 것이 아니라,
길을 잃기 위해 필사적으로
노력하고 있다는 생각이 들었다.
어린 시절부터 할 일 없을 때면
아무 버스나 타고 낯선 동네에 내려
익숙지 않은 길에서 헤매는 것을
좋아하곤 했으니 말이다.

당신이 떠나고 나는 또
낯선 번호의 버스에 올랐다.

이제 당신을 만나려
어디로 가야 할지
나는 모르므로.

추억 몇 개

희미한 당신과의 추억 몇 개를 끄집어내어
그중 좋은 기억 몇 개를 골라 들여다본다.

트레이싱지 위에 엷게 인쇄된 것 같은 옛 기억들은
알아보기가 힘들 만큼 불분명하여 기억 몇 장을
덧대 겹치어 보니 그제야 조금 선명해졌다.

울었다고 기억했는데 웃고 있었고,
웃었다고 기억했는데 울고 있었다.

서러웠던 기억마저
너무나도 그리워라.

낭비

다시 한 번
당신과의 생이
허락된다면,

당신과 함께
최대한 많은 시간을
낭비하고 싶다.

늦은 다짐

엄마,
나는 당신에게
어떤 아들이었어요?

좋은 아들이었나요?
나쁜 아들이었나요?

가쁜 숨을 몰아쉬던 엄마는
간신히 웃으며 내게 말했다.

"좋은 아들이었지."

그래요 엄마,
다음 생에는 진짜 좋은
아들이 되어 드릴게요.
이번 생은 당신 덕분에
참 좋았어요.
그리고 너무 늦어서
미안해요, 엄마.

행복 섬

당신의 고향인 남도 저 아래를 지나면
행복만 가득한 섬이 있대요.
그곳에는 삶의 고달픔도 없고,
육신의 고통도 존재하지 않아요.

밤에는 푸른 달빛 아래
파도가 조약돌을 쓸고 가는 소리와
낮에는 당신을 비추는 따사로운 햇살과
당신의 흥겨운 노랫소리만이 존재해요.
아련한 당신의 노랫소리를 들으며
당신의 무릎을 베개 삼아 다시 한 번 잠들고 싶어요.

불행해 보이지만 행복했던 사람.
행복해 보이지만 불행했던 사람.
다음 생에는 행복만 가득한
행복 섬에서 우리 만나요.

두 번째 편지.

사랑을 먹고
자랐다

THE
2ND
LETTER.

웃는 이유

엄마,
왜 그렇게
활짝 웃으시나요?
당신의 고단한 삶 속의
어떤 것이 당신을 웃게
해주는 건가요?

널 보는 거란다.

사랑하는 널 보니
이리도 좋구나.

엄마 찬스

사는 일은 참 쉽지 않다.
이것이 맞는가 싶다가도 아니고,
저것이 맞는가 싶다가도 아니다.
어떤 것이 정답인지 알 수 없을 만큼
우리네 삶은 전쟁터처럼 곳곳에 폭탄이 도사리고 있다.

집 소파에 누워 TV에 방영되는 퀴즈쇼를 본다.
처음에는 최대한 편한 자세로 아무 생각 없이 보다가
문제가 점점 어려워질수록 나도 모르게 조금씩 자세를
바르게 고쳐 앉아서 어느새 출연자처럼 열심히 문제를
풀고 있는 나를 발견하게 된다.

초반 1단계나 2단계에 출제되는 문제들은 서비스 문제이다.
기본적인 지식만 있다면 누구나 풀 수 있는 쉬운 문제들이
출제된다. 물론 그마저도 틀려 안타까움을 자아내는
출연자들도 있지만 대부분의 출연자들은 1단계나 2단계는
쉽게 통과한다. 그런데 재미있게도 학식이 높아서

1, 2단계쯤은 쉽게 통과할 것 같은 사람들이 문제를 너무
어렵게 꼬아서 생각하다가 어이없게 탈락하는 경우도 많다.
우리네 삶을 들여다봐도 큰 실수를 저지르는 사람들은
뭘 잘 모르는 사람들이 아니다. 오히려 자신이 많이 안다고
착각하는 사람이 어이없는 큰 실수를 범하는 경우가 많다.
그래서 겸손을 삶의 큰 덕목으로 여기는 것이다.

초반 쉬운 문제 구간을 통과하고 한숨을 돌릴라치면
난이도가 조금 높아진 3단계나 4단계가 떡하니
기다리고 있다. 차근차근 단계를 밟아 올라갈수록
상금이 올라가니 그에 따라 퀴즈의 난이도도 함께 올라간다.
어떤 똑똑한 이는 3, 4단계의 문제도
1, 2단계의 문제만큼이나 쉽게 통과하는 경우도 있지만,
'저런 걸 누가 알아?'라는 생각이 들 만큼의 황당한 문제가
출제되기도 하고 또 쉬운 것 같으면서도
답이 헷갈리는 알쏭달쏭한 유형의 문제도 나온다.
방송사는 혹시라도 출연자가 모든 문제를 맞히고

고액의 상금을 타갈까 봐 조바심 내며 3, 4단계에서
아무도 모를 것 같은 문제를 내지는 않는다.
누군가는 마지막 단계까지 올라 정답을 맞혀 상금을
타 가기도 하고, 또 누군가는 그 직전에 탈락하며
퀴즈쇼를 시청하는 이들에게 아쉬움을
자아내기도 해야 하기 때문이다.
이것은 결국 시청률을 위한 TV 쇼니까.

그래서 3, 4단계에서 출연자가 답을 찾지 못해
당황하고 있을 때면 사회자는 출연자가 거절 못할
아주 달콤한 제안을 한다.
"찬스를 사용하시겠습니까?"

"빨리 써. 모르면 빨리 지우개 찬스 써."
나는 사회자의 제안을 받은 TV 속 출연자에게
애타게 말한다.
찬스는 여러 가지가 있다. 방청객에게 답을 물어

방청객의 답을 골라 사용하는 방청객 찬스도 있고,
답을 알 만한 똑똑한 지인에게 즉석에서
전화를 걸어 답을 듣는 지인 찬스 등 다양한 찬스가 있다.
다만 찬스는 횟수가 제한되어 있으며, 또 그 찬스를
쓴다고 무조건 그 단계를 넘어갈 수 있다는 보장도 없다.
지우개 찬스를 써도 알쏭달쏭한 보기가
아직 3개나 남았으며, 오답을 정답처럼 말하는
방청객들도 있고, 그날따라 내 똑똑한 지인이 바빠서 전화를
받지 않을 수도 있다. 그럼에도 불구하고 혼자서는
도무지 답을 알 수 없어 너무 막막할 때
여러 가지 찬스를 통해 그 막막한 어려움을
이겨낼 수 있다면 그만큼 좋은 것은 없다.

삶이 그렇다.
혼자 살아가는 것 같지만 결국 더불어 살아가는 것이
우리들의 삶이다.
누군가에게 도움을 주기도 하지만

또 누군가의 도움을 받으며 살아가게 된다.
나 역시 살아가며 어려움을 겪을 때마다
여러 가지 찬스를 썼으며, 그 찬스 덕분에 삶의 수많은
어려움들을 조금은 더 쉽게 넘어설 수 있었다.

이 나이가 되어 지난 삶을 돌아보니
내가 사용했던 찬스들 중
가장 유용했던 찬스는 뭐니 뭐니 해도 '엄마 찬스'였다.
엄마 찬스는 다른 찬스와 달리 사용에 따른 패널티나
조건이 없었다.
그저 내가 어려움을 겪을 때면 손을 들어
"엄마 찬스를 사용하겠습니다"라고 말하면
모든 것이 만사형통이었다.
내가 어디에 있건, 어떤 어려움에 빠져 있건
엄마는 상관하지 않고 소매를 걷어붙이고 달려와주셨다.
삶이 막막할 때면 나는 아직도
엄마 찬스가 간절히 그립다.

약속도 없이

오늘은
약속은 없지만
계획은 있는 날이다.

오늘은 엄마를
보러 갈 것이다.

나보다 더 나를
잘 아는 유일한 사람.
약속 없이 가도
항상 나를 반겨주는 사람.

오늘도
또 내일도
그래 주면 좋겠다.

엄마라는 집

봄에 들어가
가을까지 머무르다
그 집에서 나왔다.

세상 사람들이
그 집에서 나온 날을
내 생일이라 하였다.

별이 다섯 개

배달앱으로
음식을 시켜 먹고
진짜 너무 맛이
없지 않다면,
별점 다섯 개를 드려요.

그 이유는,
밤하늘에 총총히 뜬
다섯 개의 별을 보는 것처럼,
음식점 사장님이
내 별 다섯 개를 보며
행복해지길 바라서예요.

하늘에 계신 엄마에게도
별 다섯 개를 드릴게요.
나를 품어주어서 별 하나,
나를 위해 울어주어서 별 하나,
나를 응원해주어서 별 하나,
나를 사랑해주어서 별 하나,
엄마가 기분 좋으시라고 또 별 하나.

이제 밤하늘의
별이 된 사람.

넘나 좋은 말

엄마는 늘
내게 말씀하셨다.

"좋은 말과 좋은 행동에
좋은 일들이 생겨나기 마련이란다."

엄마는 그 본을 보여주기 위해서
늘 내게 좋은 말만 하려고 노력하셨다.

"아들, 좋게 말할 때 밥 먹어."
"아들, 좋게 말할 때 책상에 앉으렴."
"아들, 좋게 말할 때 빨리 씻어."
"아들, 좋게 말할 때 이 닦아."
"아들, 좋게 말할 때 빨리 와."

엄마의 넘나 좋은 말.

다림질

아들 넷을 키우시며 식구가 많았던 우리 집은
빨랫거리도 넘쳐났지만, 엄마는 볕에 잘 말린 빨래를
거의 하루에 한 번은 다림질해야 했다.
어려서는 그 일이 얼마나 힘든 일인지 전혀 몰랐으나,
나이가 들어 어쩔 수 없이 다림질을 해보며, 그 일이
정신적으로나 육체적으로도 아주 고된 노동임을 알게 되었다.

내가 중학교 다닐 무렵 엄마는 꼭두새벽부터 일어나
아침상을 차렸고, 아침을 챙겨 먹은 식구들이 각자 볼일을
보기 위해 집을 나서면 잠시 숨 돌릴 틈 없이 쌓인
설거지를 하고 다림질을 시작하셨다.
오전에 시작한 다림질은 그 양이 얼마나 많았는지
어둠이 동네 골목들을 점령하고 식구들이 하나둘 집으로
돌아오는 저녁 무렵에야 끝나곤 했다.
하루는 할 일 없이 엄마 주변에서 이리저리 뒹굴며
엄마의 그 고된 노동의 과정을

처음부터 끝까지 다 목도한 적이 있었다.

엄마는 다림질이 너무 힘이 드셨는지 다림질 중간중간에

당신 손으로 자신의 어깨와 팔을 연신 두드리고 주무르며

마사지를 하셨다. 엄마의 그런 모습을 옆에서 지켜보던

철없던 내가 엄마에게

"엄마, 그렇게 힘들면 다음에 해"라고 건성으로 말하자,

"인석아, 그럼 다음에는 안 힘드니?"라며

엄마는 눈을 살짝 흘기셨다.

엄마는 겉옷뿐만 아니라 속옷까지 다림질을 했는데,

힘들다면서 일일이 속옷까지 다림질하는 엄마를

답답해하며 물었다.

"엄마, 힘들다면서 누가 보지도 않는 속옷까지

왜 다림질을 해요?"

엄마는 이마에 땀을 한 번 훔쳐내시곤 내 물음에 답했다.

"인석아, 사람은 겉보다 속이 더 반듯해야 하는 거란다."

테라코타

나는
테라코타로
만들어진 사람.

당신이 매일매일
자신의 살을 조금씩 떼어
내게 붙여 나를 완성하였다.

침대에 누워 있는
이토록 앙상해진
당신을 보면,
나는 당신의 몸에서
떼어낸 살로 만들어졌음을
알 수 있다.

계절의 끝

잡초였던 나는
본디 뜯겨
버려질 운명이었건만,
당신이 정성스럽게 품어주어
꽃으로 살아갈 수 있었다.

활짝 핀 모습을
보여드리고 싶었는데,
그사이
계절이 바뀌어버렸다.

겨울인가 싶더니 봄,
봄인가 싶더니 겨울.

사랑을
먹고 자랐다

죄를 짓고
수치심에 방 밖으로
나오지 않는 나를 위해,
엄마는 내가 좋아하는
음식을 만들어놓고
서둘러 외출을 하셨다.

약속도 없고
딱히 갈 곳도 없던
엄마였다.

텅 빈 집 식탁 위에
엄마의 사랑이 차려져 있다.

우리의 생애가
조금만 더 길었더라면

누군가의 삶에서
이토록 소중한 사람이 될 수 있을까를,
엄마를 떠올릴 때마다 생각한다.
나의 삶 곳곳에 당신이 있어주었다.
언제나 아낌없이 응원해주었고,
손이 아플 정도로 박수 쳐주었다.

사는 것은 짐을 늘리는 일이고,
떠나는 것은 짐을 줄이는 일이라 했다.
짐을 조금씩 줄여나가는 삶 속에서도
당신과의 소중했던 기억들로
아쉬움만은 더 늘어간다.

언제나
좋은 곳에서 오래도록
머물지 못하는 우리는.

깜박

엄마는 잘 속는 사람이었다.
아버지에게도 속고,
이웃집 아주머니에게도 속고,
땡중에게도 잘 속아서 시줏돈과
보시쌀을 넉넉히 내어주던 사람이었다.
세상의 많은 사람들에게 속으셨지만
그중 아들에게 가장 많이 속고 사셨다.
사랑한다는 아들의 사탕발림에 속아
자신의 모든 것을 내어주셨고,
속고 속고 또 속아도 기꺼이 또 속아주며
웃으시던 바보 같은 사람이었다.

그런데 이쯤 살아보니 엄마에게
내가 속았음을 알게 되었다.
다 알고 있었던 사람,
다 알면서도 속아주던 사람.
땡중에게 시줏돈과 보시쌀을 내어주며
아들 착해지라고 기원하셨다.

엄마에게
깜박 속았네.

알고 있었단다

너는 나를
미워했지만,
나는 처음부터
알고 있었단다.
네가 나를 사랑하게
되리라는 것.

단 한 번도
의심하지 않았단다.

너는 내
아들이니까.

비밀

"너만 알고 있어라."
엄마는 나에게
대단한 비밀을 하나 알려주셨다.

오직 나만 알고 다른
형제들에게는 비밀로 하라는
엄마의 은밀한 말씀.

"엄마는 널 제일 사랑한단다."

발설하면 큰 분란이
일어날 것 같던
엄마의 비밀을 묵묵히
평생을 간직하며 살아왔다.

형제들 모두가 각자
평생 간직해온
엄마의 비밀.

가장 귀한 것

엄마는 살면서 쉽게 얻은 것이 없었단다.
남들처럼 타고난 재능도 없었고,
부모로부터 물려받은 것 또한 없어서
아주 작은 것도 더 많이 노력을
해야만 겨우 내 것이 되었단다.

동동구리무를 팔던 젊은 시절에는
몇 푼 안 되는 버스비를 아끼려고
추운 겨울밤에 백 리 길을 걸어서 갔고,
남들이 하기 싫어하는 일을 자진해서 해야
그들이 하찮게 여긴 그 무엇을 겨우 얻었단다.

그래서 엄마는, 엄마의 지난한 삶 속에서
노력하여 얻은 그 모든 것들을
남들보다 더 귀히 여기며 아끼고 사랑했단다.
꺼져가는 연탄 한 장도 허투루 여기지 않았고
마당에 수줍게 핀 꽃 한 송이,
담장을 넘어 집 안으로 깃드는 햇볕도
너무너무 소중하고 감사하게 여겼단다.

엄마는 많은 노력을 통해 그간의 일들을 이루었고,
원하는 것들을 조금은 가질 수 있었단다.
가졌던 그 모든 것들이 다 좋았다고는 할 수 없지만
가졌던 대부분의 것이 소중했단다.

가졌던 것 중에는
남들이 부러워할 만한 것들도 더러 있었지만,
엄마가 살아오며 얻은 것 중 가장 소중하며 귀히 여긴 것은
따로 있었단다. 지난 세월 숱한 고생을 겪으며 얻어낸
그 모든 것들과 견줄 수 없을 만큼 가장 소중한 것이란다.

그것은 바로 너란다.
내 삶에서 얻은 것 중
가장 귀한 것 말이다.

사랑한다 아들아.

떡 잎

미운 일곱 살, 나는 엄마를 따라 시장에 갔다가
좌판에서 마음에 쏙 드는 물건을 발견하면,
최대한 불쌍한 표정을 지어 보이며 사달라고 졸랐다.
안 된다는 엄마의 호통에도 주눅 들지 않고 졸라대다가
통하지 않으면 내 비장의 무기인 '땅바닥에서 구르며
울어대기'로 엄마를 최대한 난처하게 만들어서
내가 원하는 것을 끝끝내 얻어내는 지구력 좋은 아이였다.

나란 아이는, 백 원, 이백 원을 깎아 어떻게든 절약해보려는
엄마에게 늘 마이너스 폭탄을 안겨주는 아이였고,
나의 떼쓰기를 수차례 경험한 엄마는 장보러 갈 때
더 이상 나를 데리고 가지 않았다. 나의 호시절은 끝났다며
체념의 날을 보내던 어느 날,
기대치 않던 엄마의 반가운 목소리가 들렸다.
"막내야, 엄마랑 시장 가지 않을래?"

엄마는 시장에 갈 때마다 자신의 등 뒤에서

시무룩한 표정을 지어 보이던 아들이 못내 짠했던 모양이었다.
엄마를 따라 나서며 이미 뭘 사달라고 조를까 궁리하던 중에
시장에 도착했는데, 갑자기 어두워진 하늘에서
빗방울이 흩날리기 시작했다.
내리는 비에 당황한 나와 달리 엄마는 이미 예상하셨다는듯
시장바구니 안에서 우산을 꺼내 펼쳐 들며 나를 자신 쪽으로
끌어당겼다.
그제서야 엄마가 시장에 함께 가자고 한 이유를 깨달았다.
요즘 시장과 달리 그 시절 시장 바닥은 울퉁불퉁한
흙바닥이었고, 비가 오면 곳곳에 물웅덩이가 생기곤 했다.

일기예보를 통해 비가 온다는 것을 미리 안 엄마는,
아무리 떼쟁이 막내아들이라도 설마 비 오는 시장 바닥에서는
구르지 않을 거라 생각하며 나를 데려온 것이다.
결국 나는 체념한 채 엄마 옆에 바짝 붙어
비를 피해 가고 있었다.

그렇게 욕심을 내려놓았다고 생각한 순간,
시장 중간쯤에 위치한 문방구 좌판에 놓여 있던
신상 울트라맨 인형 세트가 찬란한 후광을 내뿜으며
내 눈과 마음을 순식간에 어지럽혔다.
나는 엄마의 손을 잡아끌어 문방구 앞에 멈춰 세웠다.
위험을 감지한 엄마는 나보다 더 힘을 쓰며 전진하려 했지만,
비록 어렸어도 내 욕망은 어른인 엄마를 잡아 세우기에
부족함이 없었다.

손을 들어 손가락으로 신상 울트라맨을 가리켰다.
"집에 울트라맨 있잖아"라며 엄마는 거부의 뜻을
명확히 밝혔지만, 이 신상 울트라맨은 집에 있는
울트라맨과는 비교 불가일 만큼 퀄리티가 좋기 때문에
꼭 사야 한다는 말도 안 되는 이유를 댔다.
힘에서 밀린 엄마는 내 손을 강하게 뿌리쳤다.
엄마의 강건함에는 '아무리 너라지만, 비 오는 시장 바닥에서

네가 설마 구르기야 하겠어?'라는 포석이 있었을 것이다.

나는 엄마의 눈빛에서 말로는 설득할 수 없음을 감지했다.

이내 시장 바닥을 살폈다.

시장 바닥은 작은 지옥이었다.

구정물이 넘쳐나고 담배꽁초며 정체를 알 수 없는

수많은 무언가가 그 위를 떠다니고 있었다.

차마 그 바닥에선 몸을 뒹구는 것조차

상상하고 싶지 않았지만,

신상 울트라맨을 향한 내 간절함은 그 모든 것을 앞섰다.

간절함을 증명해 보이기 위해

기꺼이 시장 바닥에 내 몸을 던졌다.

내가 구를 때마다 내 몸에 구정물이 묻는 것은 당연했고,

사방으로 오물이 튀면서 장을 보러 온 사람과 상인들에게까지

피해를 줬다. 시장 안의 모든 시선이 나와 엄마에게로 모두

쏠렸고, 그런 내 모습에 혀를 차는 행인도 있었고, 야속하게도

"그렇게 떼쓴다고 원하는 걸 사주면 애 버려요"라고
말하는 사람도 있었다.
문방구 주인은 이때가 찬스다 싶었는지,
난감해하는 엄마에게 10퍼센트 깎아준다며 설레발을 쳤다.
결국 그날 집에 돌아와서 엄마에게 엄청나게 맞았지만,
내가 원하던 신상 울트라맨 세트를 끝끝내
얻어내고야 말았다.

그때뿐만이 아니었다.
중·고등학교 시절에도 나는 부모님 속을 무던히 썩였고,
엄마는 그런 나를 포기하려던 아버지를 붙잡곤
시장에서의 일을 회상하며 이렇게 말씀하셨다고 한다.

"뭐가 되도 될 아이예요. 우리 절대 포기하지 말아요."

엄마는 떡잎이 노랗던 아이의 잎을,
포기하지 않고 푸른 잎으로 가꿔주셨다.

엄마의 바다

그 시절 한창 말썽 부리던 우리 중에,
사실 착한 녀석은 하나도 없었다.
어려서 세상 물정을 모를 뿐, 자신이 행하는 일들이
얼마나 나쁜 짓인지도 알고, 또 해서는 안 되는
일인지도 잘 알고 있었다.
못된 짓을 일삼다 잡혀 온 우리를 두고
부모님들은 신기하게도 입을 맞춘 것처럼
다들 똑같이 말했다.

"우리 아이는 착해요."

원래 착한 아이가 친구를 잘못 만나서
잠시 잠깐 나쁜 길에 발을 들여놓은 거라고 했다.
부모는 그렇게 생각했고 그렇게 믿고 싶었을 것이다.

순진해서 호기심에 한 번,
친구의 꼬임에 빠져서 또 한 번.
'우리 아이는 착해요'란 부모의 말은 한창 말썽 부리던 우리에게 각각 다른 효과로 작용되었다.
반작용으로 더 어긋나게 행동했던 친구도 있었고,
마치 플라시보 효과처럼 몇 명의 아이들은 착해졌다.

어쩌면 처음부터 그 말을 믿고 싶었던 아이들과
그 말을 믿지 않았던 두 부류의 아이들이었는지도 모른다.
난 그 말을 듣고 싶었던, 또 그 말을
간절히 믿고 싶었던 아이였다.
그 후 내 삶에서 내가 나쁜 일을 행하려 할 때마다,
엄마의 '착하다'란 말이 나를 세차게 흔들었다.
'그러지 말라고, 넌 착한 아이니까 그러면 안 된다고.'

그 후로 몇 번의 소용돌이와 거친 물살의 굽이치는 강을
빠져나오기까지 얼마간의 시간이 걸렸지만,
강을 넘고 돌고 돌아오니 바다가 보였다.
잔잔하고 평온한 바다.

엄마가 내게 눈물로 보여주셨던 바다.

준비

넌 처음 만날 때
엄마는 참 많이
준비했다고 생각했는데,
넌 키우면서
늘 느꼈던 감정은
엄마의 준비가 많이
부족했다는 마음이었단다.

엄마는 내게 자신이 준비 부족이었다며
지난날에 대한 후회의 감정을 종종 내비쳤다.
하지만 내가 본 엄마는 충분히 준비된 사람이었다.

내가 말하기 전에 웃을 준비를 했고,
내가 아파하면 안아줄 준비를 했으며,
내가 슬퍼하면 같이 울어줄 준비를 했다.

준비 없이 만난 나를 위해
엄마는 늘 준비를 하고 있었다.

결국 알게 되는 순간

집 앞 벤치에 앉아 있다가
롤러블레이드를 타고 엄마와 함께 문을 나서는
아주 어여쁜 소녀를 보았다.
소녀는 롤러블레이드를 타는 것에 서툰지,
그 곁에는 넘어지지 말라고 손을 꼭 잡아주는
엄마와 함께였다.

다정한 모습으로 나를 지나치는 모녀를 보며
'저 정도면 혼자 탈 수 있겠는걸' 하는 생각이 들었다.

어쩌면 그 사실을
소녀도 엄마도 알고 있었는지도 모른다.
단지 맞잡은 손에서 안식을 느끼는 것인지도 모른다.
보호 받는다는 안식과, 보호해주고 있다는 안식.

아마 딸은 이미 알고 있었을 것이다.
조금 뒤뚱거리겠지만 결국 혼자 타야 한다는 걸.
엄마도 알고 있었을 것이다.
여전히 불안하지만 그 손을 결국 놔줘야 한다는 걸.

그리고 시간이 더 많이 흘러서는
상황이 바뀌어서 손을 맞잡게 되리라는 것도.

별의 안부

내 어린 시절에는 북한의 야간 공습 공격에 대비해
도로를 다니던 차량의 운행도 멈추고 온 동네 불을 다 끄는
등화관제 훈련이란 걸 했다.
깜박거리던 상점의 간판 불과 가정집 전깃불까지 다 꺼지면
동네는 암흑 천지로 변했다. 어른들은 정기적으로 해야 하는
그 훈련을 꽤나 귀찮아했지만, 나는 그날이 좋았다.

마당에 나와 엄마 손을 잡고 어두운 밤하늘을 올려다보면,
영롱하게 빛나는 별들이 밤하늘에 수없이 박혀 있었다.
"엄마, 별이 참 많아요."
내 말에 엄마는 밤하늘에서 가장 빛나는 별을 가리키며 말했다.
"저 가장 빛나는 별이 우리 아들 별인가 보다."
"그럼, 엄마 별은 어디 있어요?"라며 내가 묻자,
"그 옆에 있는 작은 별이 엄마 별이란다.

내가 늘 너를 지켜주는 것처럼
엄마 별도 늘 아들 별을 지켜주고 있단다."
어둠 속에서도 날 향해 밝게 미소 짓는 엄마의 얼굴이 보였다.
수십 년이 지나 불빛이 꺼지지 않는
서울의 밤하늘을 올려다본다.
그렇게 빛나던 그 수많은 별들은 다 어디로 갔을까?
내 별을 지켜주고 있다던 엄마 별은 잘 있을까?

어두운 밤,
조심스럽게
별의 안부를 묻는다.

뼈의 말

엄마에게
편지를 쓴다.

오랜 시간 공들여
고민하며 썼던 글을 지우고
또 고쳐쓰기를 수십 번,
다 지우고서 단 한 마디
말을 적어 넣는다.

세상의 좋은 말과 멋진 단어가
넘친다 해도 당신께는 다 사족이다.
오랜 시간 한 단어만을 푹 고아,
단단한 뼈의 언어로
당신께 바친다.

사랑해요.

세 번째 편지

엄마라는
과속방지턱

THE
3RD
LETTER.

과속방지턱

폭주하여 달리는 차 앞을
자신의 몸을 던져 막아선다.
온몸으로 충격을 떠안은 탓에
노랗고 검은 옷이 찢기고
자신의 몸 곳곳이 패었다.

과. 속. 방. 지. 턱.

내 삶에서
엄마가 늘 그러했다.
폭주하는 아들의 사고를
미리 막아내기 위해
늘 자신의 몸을 던져
그 속도를 늦추었다.

엄마라는
과속방지턱.

부목

기쁜 날에도,
슬픈 날에도,
내 인생이 굽이치는
그 어떤 날에도 당신이
내 옆을 지키고 있었다.

올곧게 뻗으라고,
바르게 자라라고,
수없이 눈물로 당부하며
내 옆에서 날 지탱하던.

산 것이 죽은 것에
기대어 산다는 말,
이제야 이해됩니다.

횃불

엄마는 내게
횃불이었다.
자신의 몸을 불살라
어두운 내 인생길을
밝게 비추어 내가 발을
헛디디지 않도록 했다.

내 앞을 비추며
영원히 꺼지지 않을 것 같던
그 불은 세월 속에 점차
사그라들었고, 숯보다 검던
그녀의 머리카락은 어느새
하얀 눈으로 덮어버렸다.

희미해진 불이 내게 묻는다.

"이제 엄마 없이도 잘 갈 수 있지?"

나의 셰르파

내가 올랐던 산들 중,
혼자서 오른 산은 없었다.
그 사람은 늘
나보다 한 발 앞서서
내 손을 잡아주거나
뒤에서 밀어주었다.

함께 올랐지만 영광은 나의 몫이었다.
그런 것에 서운해하거나 섭섭해하지 않고

늘 묵묵히 짐을 꾸리며
그 일이 자신의 일이라고 했다.
그 사람과 함께가 아니었다면
나는 동네에 있는 작은 동산조차
오르지 못했을 것이다.

나의 셀파
나의 엄마.

프로 거짓말러

엄마는 내게 '프로 거짓말러'였다.
내가 이겨낼 수 없는 일도
"할 수 있다"며 독려하셨고,
내가 고통스런 일을 겪을 때에도
"이쯤은 견딜 수 있다"며
버텨낼 수 있는 힘을 주셨다.

희망이 사라졌다고 느낀 날에는
"아직 희망이 있다"며 손잡아
나를 일으켜 세우셨고,

THE
3RD
LETTER

0 0 0 0 5

발걸음도 뗄 수 없이 지친 날에는
"한 걸음만 더 가면 목적지다"라는
거짓부렁으로 한 발 더 딛게 하셨다.
괜찮다, 잘한다는 엄마의 선한 거짓말을
동력 삼아서 힘든 길에서도
희망을 잃지 않고 여기까지 왔다.

거짓말 프로이시라,
마지막 길을 가면서도
당신 없어도 잘 살아갈 수 있다는
또 그 뻔한 거짓부렁이를 하신다.

와락

잘못을 저지르고
피난처가 필요할 때면
엄마를 찾아갔다.

엄마는 그런 내가
분명 미웠을 텐데,
그럴 때마다 마중 나와
두 팔을 벌려 나를 꼭
껴안아주시곤 했다.

누군가를 두 팔을 벌려
꼭 껴안아준다는 것은
그 사람의 잘못과
그 사람의 과거까지
안아주는 것이다.

내 삶의 플러스

엄마는 내 삶의
마이너스를 집어 들어
힘껏 부러뜨린 후,
그것을 열십자 모양의
플러스로 만들어
내 삶에 다시 놓으셨다.

오직 엄마만
가능했던 일.

봄볕의 속살

내가 큰 잘못을 저지르고 왔던 어느 날,
아버지는 내 뺨을 세차게 두어 번을 내리치시고는
자신의 눈앞에서 사라지라고 호통을 치셨다.
남편에게 호되게 맞는 아들보다 더 죄인처럼 내 옆에 서 있던
엄마의 모습에 나는 몸보다 마음이 더 아팠다.
죄스러움과 삐뚤어진 오기로 뒤범벅된 나는
끼니를 거르고 며칠 동안 이불을 뒤집어쓴 채
방에 처박혀 있었고, 아버지는 저딴 놈에게 밥도 아깝다며
주지 말라고 했지만 엄마는 아버지 모르게
매일 내 방으로 밥상을 나르셨다.

삼 일 내내 전혀 손대지 않은 밥상을 확인하신 엄마는
"어이쿠, 이 녀석아······"라는 한숨과 함께 내 옆에 앉으셨다.
그리고 이불 속으로 손을 넣어 내 볼을 쓰다듬으셨다.
엄마의 손이 내 볼에 닿자 까닭 모를 서러움에
눈물이 왈칵 쏟아졌다.

말없이 한참 동안 내 눈물을 닦아주시던 엄마가
나지막하게 말씀하셨다.

"괜찮다. 다 괜찮아. 다 지나갈 거야."

엄마의 위로 속에 울다 지쳐 잠들었다 깨니 내 머리맡에는
온기가 아직 가시지 않은 따뜻한 밥상이 자리하고 있었고,
엄마가 내 볼을 어루만져준 것이 꿈이었는지 아니면
따뜻한 봄볕의 속살이 내 방 창문을 넘어 들어와
나를 감싸줬는지 기억이 불분명했다.
다만 너무나도 따뜻했던 기억, 그간의 죄를 모두 용서받은
느낌이었다. 그날 이후 세상을 살아가면서
서러움이 복받치는 날이면 눈을 감고 조용히 읊조린다.

괜찮다.
다 괜찮다.
다 지나갈 거야.

타향살이

고단한
세상살이 속에
엄마의 품은
아주 거대한
마취제 같았다.

그 품에 안기면
세상의 어떤 고통도
잠시 잊을 수 있었다.

그곳이
내 고향이다.

엄마가 보고 있다

스페인 출신 이반 페르난데즈 아나야 선수는
2012년 스페인 부를라다에서 열린 크로스컨트리 대회에
참가했다. 그가 결승선 가까이 다다랐을 때,
자신보다 훨씬 앞서 가던 런던올림픽 동메달리스트인
케냐의 아벨 무타이 선수가
결승선을 앞두고 멈춰 선 것을 보게 되었다.
아벨 무타이 선수는 이미 자신이 결승점을 통과했다고
착각한 나머지 달리기를 멈춘 것이다.

옆에서 지켜보던 관중들은 결승선이 아니라고 알려주었지만,
안타깝게도 케냐 출신인 아벨 무타이 선수는
스페인어를 알아듣지 못했다.
결국 한참이나 뒤처져 있던 이반 페르난데즈 아나야 선수가
결승선 근처에서 멈춰 선 아벨 무타이 선수를
따라잡을 수 있었고, 어리둥절해하는 아벨 무타이 선수에게
결승선을 친절하게 알려주며 그의 뒤를 따라 뛰어

2등으로 결승선을 통과할 수 있었다.

이반 페르난데즈 아나야 선수의 정직함을
칭찬하는 이도 많았지만, 또 다른 많은 사람들은 운동선수라면
이기기 위해 최선을 다했어야 하는 것이 옳았다고 지적하기도
했다. 경기 후, 왜 무타이 선수가 이기도록 해주었느냐는
기자의 질문에 이반 페르난데즈 아나야 선수는
"내가 그 사람을 이기도록 해준 게 아니고,
그가 이기고 있었다"라고 대답했다.
"그래도 당신이 이길 수도 있지 않았냐?"라고
기자가 재차 물으니,
"그런 식으로 우승해서 내가 받는 메달에 영예가 있겠어요.
그리고 우리 엄마가 그걸 보시면 뭐라고 하겠어요?"

언제나 늘
엄마가 지켜보신다.

이 비가 그치면

여기 와서 가만히
빗소리를 들어보렴.
좋지?
엄마도 참 좋단다.
이 비가 그치면 앞마당에는
예쁜 치자 꽃이 필 거야.
우리 조용히 기다려보자.

엄마 옆에 앉아 세상의 소음들을
잠시 뮤트로 해놓고서야
빗소리가 너무나도 근사하다는 것을
처음으로 알았다.

그때 빗소리에 취해 엄마에게 못한 말이 있다.
'엄마가 좋으면 나도 좋아.'

비를 맞으며
꽃이 핀다.

탈북자인 한정옥 여사가
한국으로 오기까지 수많은 어려움을 겪었는데,
그중 가장 큰 어려움은 추위였다고 한다.

사정을 모르는 사람들은
"날이 따뜻한 봄에 탈북하지, 왜 겨울에 해서 그 고생이야?"
라며 의아해할 수도 있겠지만
대부분의 탈북 루트가 중국과의 접경지대인 두만강이나
압록강을 건너야 하기 때문에 추워도 하는 수 없이
강물이 얼어붙는 겨울에 탈북을 시도한다고 한다.

그렇게 추운 겨울에 탈북한 한정옥 여사는
열다섯 살이나 먹은 아들을 업고 탈북했다.

열다섯 살이면 혼자 걸을 수 있는 나이인데
왜 다 큰 아들을 힘들게 업고 넘어왔느냐는 질문에,
"이 아이 없었으면 전 탈북 못 했을게요.
그 추운 겨울날 서로의 체온에 의지하지 않았으면
그 춥고 먼 길을 어이 올 수 있었을 겁니까?"

어머니에게 아들이 삶의 희망이었던 것처럼,
아들에게도 어머니가 삶의 희망이었다.
인생이라는 긴 강을 엄마와 함께
서로의 체온을 나누면서 건너왔다.

퀼트

엄마는 바느질을 잘하셨다.
바쁘게 일하며 돌아다니시느라 구멍 난
아버지의 양말도 감쪽같이 새것처럼 꿰매셨고,
팔꿈치가 닳아 구멍 난 형들의 오래된 양복 상의에
가죽 천을 덧대 일부러 멋 부린 것처럼 만드셨다.

엄마의 바느질 솜씨가 얼마나 좋았냐면,
험한 세상을 살아가며 받은 상처들로 인해
너덜너덜해진 내 영혼까지도 잘 꿰매주셨다.
그 꿰맨 상처들은 대부분 자국이 남기 마련인데
얼마나 솜씨가 좋으신지,
나 자신 외에는 아무도 알지 못했다.

내 삶은 엄마가 바느질로 한 땀 한 땀
정성으로 이어주신 퀼트이다.
못 쓰고 버릴 것들을 잘 이어
어딘가에 쓰일 수 있도록 만들어주셨다.

163

아이스크림이 녹고 있다

내 기억에는 없는
어린 시절의 내 모습이
기록된 낡은 흑백 사진이 있다.

사진 속의 내 손에는
달콤한 아이스크림이 들려 있는데,
상황과 다르게 난 서럽게 울고 있다.
엄마에게 사진 속의 내가
왜 울고 있는 거냐고 물으니,
아이스크림을 받아 든 내가
아이스크림에 정신이 팔린 사이
엄마는 장난삼아 가게 뒤편으로
자신의 몸을 숨겼다고 했다.

아이스크림에 정신이 팔려
뒤늦게서야 엄마가 사라진 것을 안 내가

엄마를 찾으며 엉엉 우는 모습이 귀여워
그 모습을 흑백 사진으로 남겼다고 한다.

울면서 엄마를 찾느라
그 좋아하는 아이스크림이
다 녹는지도 모르고 말이다.

세월이 아주 많이
지난 오늘도 내 손의
아이스크림이 녹고 있다.

심연

"누구 아들이야?"
라고 엄마가 물으면,
"엄마 아들"이라고
능청스럽게 대답했다.

엄마 아들로 오십 년을 넘게 살았건만,
엄마를 잘 모른다.
평생 바다에 살면서도 바다를 모르는
어리석은 어부와 다르지 않다.

"너무 넓어서 그래.
그 넓은 속을 바다에 산다고
어떻게 다 알겠어."

어리석은 어부의 변명이
마음에 와 닿는다.

안정제

열이 오르던 그 밤도,
추위에 떨던 그 날도,
언제나 불안한
내 삶에,

언제나 늘
당신이라는

안. 정. 제.

피난처

내 삶의
피난처.

당신을 잃고
난 난민이다.

나의 닻

삶이 평온한 날에는
내 삶을 이끄는 것은
오직 나뿐이라고 믿었다.

풍랑으로 내 삶이
거칠게 요동치던 날,
심연으로부터
흔들리지 말라고,
떠내려가지 말라고,
나를 붙드는 힘.

나의 닻
나의 엄마.

당신은
비누와
닮았다

THE
4TH
LETTER.

유품 정리

그녀는 그 흔한
핸드폰 하나 없이 살았다.
고로 그녀가 떠난 후에
핸드폰의 비밀번호를 풀기 위해
그녀의 생년월일을 입력하거나,
그녀가 좋아하던 숫자를 조합하여
당신만 알던 번호를 알아내려고
노력할 필요조차 없었다.

그녀가 남긴 통장의 잔고는
당신의 겸손한 삶을 대변하듯
텅 비어 있었고, 덕분에 남겨진 사람들은

얼마 되지도 않을 잔고를 인출하기 위해
이리저리 뛰는 분주함이 없어 좋았다.

단출한 삶이란 이런 것인가.
떠나고 난 후에 다른 이들에게
해체되어 낱낱이 밝혀질 아주 작은
비밀 한 조각도 남지 않았다.
살며 은밀히 지니고 있던 비밀은
당신이 모두 가지고 떠났다.

남겨진 것이 없으니,
삶이 좋았었는지 나빴었는지
가늠할 수 없는 그간의 삶이다.

해독 (解讀)

엄마는 아무도
알 수 없는 말을 하고
나는 그것을 받아 적어
열심히 해독을 한다.

출처 불명의 낯선 언어들.

귀를 봉투처럼 벌리고
엄마의 단어들을 채집하여
낯선 단어, 낯선 사연을
우걱우걱 씹어 먹어본다.

단물이 다 빠진
단어와 슬픈 사연 몇 개.

치매란?

자신이 젊은 시절 애쓰며
건너온 징검다리를 되돌아
가는 것.

되돌아가면서,
자신이 건너온 징검다리를
하나씩 치우는 일.

그녀에게는
당연한 일들.

그때대 당신이 해야 할 일은,
그저 뚝방에 서서 웃으며
손을 흔들어주는 일. 밝게 웃어주며
날 천천히 잊어달라고 비는 일.
안단테, 안단테......9

생의 힘

요양병원 밥, 십 년에
엄마는 뼈만 남았다.

아주 작은 새의 날개 같던
가녀린 엄마의 손은,
이제 날 수 없다는 것을 아는 것인지
점점 퇴화되어 겨드랑이 쪽으로 곱아졌다.

곱아진 엄마의 손을
젊은 내 힘으로 조심스럽게 펴려들면
'똑' 소리를 내며 부러질 것만 같다.
엄마의 찬 손을 한참을 주무르고 또 주무르고
나서야 아주 약간의 온기가 간신히 돌았다.

그제야 곱아진 손을 펴기 위해 살짝 힘을 주면,
엄마는 의식이 없는 와중에도 손에 힘을 주며
완강하게 거부 의사를 드러냈다.
안개 같은 기억 속에서도 무엇인지는 알 수 없으나
기어코 놓지 않겠다는 엄마의 의지.

아직 준비가 안 되었는지
생의 힘을 빼야 할 시기에
생의 힘을 늦추지 않는다.

엄마도,
나도.

활짝

엄마는 꽃이 좋아,
아니면 돈이 좋아?
엄마는 망설임 없이
꽃이라고 말한다.

"돈만 있으면
꽃도 살 수 있고,
엄마가 원하는 다른 것들도
살 수 있는데도 꽃이 더 좋아?"

"응, 엄마는 꽃처럼 활짝
피워본 적이 없어서 그런지
돈보다 꽃이 더 좋아."

그 말이 부끄러워서인지
엄마는 활짝 웃었다.

꼴찌 엄마

1934년생이신 우리 엄마 이정금 여사는 국졸이다.
그 시절 엄마와 비슷한 나이의 분들이 중·고등학교를 나오고
소 팔아 대학 공부까지 마친 분들이 얼마나 많겠냐만은
엄마는 자신이 국졸이라는 것을 사는 내내
매우 부끄러워하셨다.

서울에서 태어났더라면
공부를 좀 더 할 수 있는 환경이었을지 모르지만,
깡촌이었던 전라남도 장흥에서 태어난 엄마에게는 어쩌면
그게 최선이었는지도 모른다. 공부보다 주린 배를 채우기에
급급하던 시절인지라 그 시절 부모들은 돈 드는 공부는
아들만 겨우 시킬 뿐이었고,
딸들은 그나마 국민학교 교육도 감지덕지였다고 한다.

아들 역시도 국민학교까지 공부를 시켜보고 그나마 싹수가
보여야 중학교도 가고 고등학교도 가는 것이지,

집안 어르신들이 일찍이 싹수가 없다고 판단하면
아들이라도 국민학교만 겨우 마치고
농사일을 거들어야 하는 때였으니 말이다.
그러니 딸들은 국민학교 문턱만 겨우 밟아보는 사람들이
부지기수였고, 부엌데기로 숨죽여 지내다가
얼른얼른 자라 시집가서 집안의 쌀을 축내지 않는 것이
집안을 돕는 지름길이었다고 한다.

그런 시대에 엄마는 국민학교만 졸업하고 집안일을 돕다
지금의 아버지를 만나 결혼하셨고,
근면하고 성실하게 사셨던 두 분 덕택에
나는 서울에서 비교적 유복하게 자랄 수 있었다.

내가 국민학교 다니던 시절에는 학기 초마다
'가정환경조사서'라는, 지금은 상상도 할 수 없는
요상한 것을 작성해서 학교에 제출했었다.

집에 냉장고와 텔레비전은 있는지,
살고 있는 집이 자가인지, 전세인지, 월세인지
학교에서 굳이 알지 않아도 될 것들을
시시콜콜하게 조사하던 이상한 조사서였다.

학교를 마치고 집에 돌아와 선생님께 받아온
가정환경조사서를 엄마에게 드리면
엄마는 보관하고 있다가 일을 마치고 귀가하신 아버지에게
건네며 말했다.
"아따, 밥 차릴 동안에 당신이 이거 좀 써주쇼잉."
엄마가 건넨 조사서를 받아든 아버지는
약간의 뻥을 곁들여 빈칸을 채워나갔다.
나중에 좀 더 커서 알게 된 사실이지만, 당시의 엄마는
한글을 발음대로 표기하셨고 그러한 것을 선생님이나
아들인 나에게 보이기가 창피하셔서 아버지에게
작성하라고 하셨던 것이다.

빈칸을 채우던 아버지를 감시하던 엄마가 아버지 옆구리를
쿡쿡 찌르며 말한다.
"움메…, 중졸이라고 쓰쇼. 와 내 학력을 국졸이라고 적는교?"
그럼 아버지는 웃으며 엄마의 학력을 중졸로 고쳐 적었다.
그 광경을 지켜보던 내가 "엄마 국민학교만 나왔어?"라고
물으면, 엄마는 얼굴이 빨개지며 대답을 못했고,
그런 엄마 대신 아버지가 대답했다.
"응, 엄마는 국민학교만 나왔어.
하지만 엄마는 공부를 잘했단다.
아마 엄마 집이 부자였으면 더 공부해서
서울대학교에 들어갔을 거야."
내가 아버지 말을 미심쩍게 듣자 바닥에 배를 깔고
조사서를 쓰던 아버지가 몸을 일으켜 앉으며
반신반의하는 내게 엄마 편을 들기 위해 열변을 토하셨다.
"아, 공부만 잘했게? 니 엄마가 장흥군 장동면에 있는

장동국민학교에서 달리기도 1등이었어.

남자애들도 쫓아올 수 없을 만큼 아주 빨랐다고.″

생각해보니 지금은 언제인지 정확한 기억도

불분명한 아주 오래전,

학교를 마치고 집으로 가려는데 갑자기 장대 같은

소나기가 내렸다. 예상 못했던 비였기에 우산도 없으니

잠시 남의 집 처마 밑에서 비를 좀 피했다 갔으면 좋았을 것을,

장난기 많던 나와 내 친구는 쏟아지는 그 비를 다 맞으며

뭐가 그리 신났는지 빗속을 뛰어다니다

물에 빠진 생쥐 꼴이 되어서 집에 돌아왔고, 결국 난

엄마에게 등짝을 한 대 맞고서야 집에 들어갈 수 있었다.

비를 맞으며 장난칠 때는 신났지만 아직 추위가

다 물러가지 않은 봄날에 비를 맞은지라 그 장난에 대한

벌을 받는 것인지 저녁이 되자 결국 심한 열로 앓아누웠다.

엄마는 용광로처럼 펄펄 끓던 나의 이마를

연신 차가운 물수건으로 갈아주며 열이 내려가기를
바라셨지만 엄마의 바람과 달리 열은 더 오르기만 했다.
더 이상 늦어지면 안 되겠다고 판단했는지
어린 나이에 비해 꽤 무게가 나가던 나를 들쳐 업고
제법 먼 거리에 있던 병원까지 뛰어가셨다.
그때 날 업은 엄마가 어찌나 빨리 바람을 가르며 뛰시던지
열이 펄펄 끓는 그 와중에도 날 스쳐 지나가는 바람이
시원하다는 생각이 들 정도였다.
그날을 기억하니 장동국민학교에서 엄마가
달리기 1등이었다는 아버지의 말이 충분히 믿어졌다.

배움이 짧은 엄마는,
당신이 못다 한 공부의 꿈을 아들인 내가 이어받아
공부를 잘해서 좋은 대학에 가길 바라셨다.
하지만 엄마의 바람과는 달리 나는 앞보다
뒤에서 1, 2등을 다퉜고,

그나마 나와 꼴찌를 다투던 친구가
전학을 가면서 여지없이 꼴찌를 도맡아서 했다.

그런 못난 나로 인해 우리 엄마는 암암리에
'꼴찌 엄마'라고 불렸고,
엄마에게 그 호칭이 얼마나 수치스러웠을까를 생각하면
사는 내내 두고두고 죄송했다.
하지만 '꼴찌 엄마'라고 불리던 엄마는
꼴찌였던 적이 없다.
꼴찌는 그녀의 아들인 나였을 뿐,
나의 엄마는 항상 1등이셨다.

그녀의 삶에 꼴찌인 내가 잠시 깃들었을 뿐,
내 삶 속에서 엄마는 내내 1등이셨다.

4월이 오면

음력 4월이 오면
엄마는 봉숭아 잎을 따서
곱게 빻아 내 열 손톱에
빨간 물을 들여주셨다.

첫눈이 올 때까지
봉숭아 꽃물이 지워지지 않으면,
'첫사랑이 이루어진다'는 엄마의 말을
나는 아주 오래도록 믿었다.

4월의 밤부터
내 손끝에는 열망으로 찬
달이 열 개나 자라난다.
그리움을 품고
무럭무럭 자라나는
내 열 개의 초승달들은
매일 밤 첫눈을 기다린다.

엄마의 밤

동네 뒷산에 올라
밤하늘의 별을 본다.

유난히 총총한 별 옆에
작고 흐린 별 하나,
큰 별에 가려져
눈에 잘 안 띄는 작은 별이
껌벅이며 울고 있었다.

```
0 0 0 0 7
```

THE
4TH
LETTER

그 별을 보며
문득,
울다가 지쳐버린
엄마의 밤은
몇 밤이나 됐을까를 생각하니
밤하늘의 별들 모두
뿌옇게 흐려졌다.

곁에 서 있던 나무가
서러움에 어깨를 움츠린다.

아무도 몰래

아무도 몰래
혼자 운다.

우는 일이
부끄러운 일은
아닐지라도,
행여 누가 볼까
숨어서 저 혼자 운다.

엄마도
그랬을 것이다.

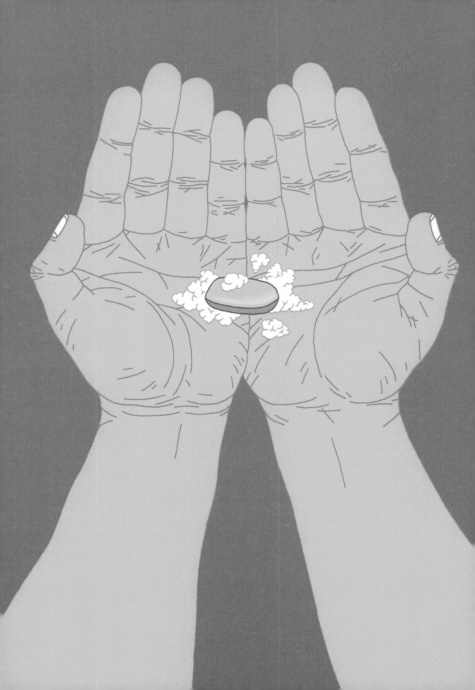

당신은 비누와 닮았다

비누의 소명은,
닳아 없어지는 것이 아니라
무언가를 깨끗하게 만드는 일이에요.
자신을 바쳐 더러운 것들을
깨끗하게 씻어내는 소명을 지녔어요.
비누는 그렇게 쓰이기를 반복하며
점차 작아지며 자신의 소명을 다하고는
세상에서 사라져버리죠.
비누는 나에게 깨끗하게 살라고,
그리고 바르게 살라고 일러줬어요.

엄마가 그래요.
비누의 삶을 닮았죠.

내 삶이 더러울수록
엄마는 빨리 닳아
없어져버려요.

할머니는
엄마의 엄마다

뮤지컬 배우 최정원 씨는 올해
스무 살이 넘은 예쁜 딸아이가 있다.
최정원 씨는 그 딸을 수중분만을 통해 낳았고,
그날의 과정을 촬영해서 소장하고 있었던 그녀는
아이가 자라서 성인이 된 어느 날
그날의 광경을 보여주기로 했다.

지금의 자신만큼이나 젊었던 엄마가
애를 쓰며 자신을 낳는 영상은,
성인이 된 딸에게도 분명 생경한 풍경이었다.
딸은 처음에는 부끄러운 듯 영상을 잘 보지 않다가
영상이 끝날 때쯤 펑펑 울기 시작했다.
울고 있던 딸을 최정원 씨가 다독거리며

"엄마 아빠가 너 낳은 거 감동적이지?"라고 물었고,
울고 있던 딸은 생각하지 못한 답을 했다.
자신이 태어나던 순간에
그곳에 있던 의사와 간호사는 물론이고,
엄마와 아빠도 자신만 쳐다보고 있는데 영상에 우연히 잡힌
할머니만 엄마를 쳐다보는 모습에 울음이 터졌다고 했다.

딸이 무사한 것을 확인한 후에야 조심스럽게 다가와
"장하다 우리 딸"이라고 말씀하시는 할머니의
모습에 손녀딸은 감동을 받은 것이다.

할머니도 아주 오래전부터
누군가의 엄마였다.

북소리

엄마도 나처럼 사랑을 하면,
심장 옆에 붙어 있던 큰 북이
둥둥둥 울렸을 것이다.
그 누구보다도 파란 하늘을
가졌던 날들도 분명 있었을 것이다.

엄마의 머리가 까맣고 성성하던
그 옛날에도 난 엄마를
여자라고 생각하지 않았다.
엄마는 여자가 아닐 거라는 생각,
엄마는 사랑을 모를 거라는 착각.

철이 덜 든 남편과,
세상 물정 모르는
아들 넷을 부둥켜안고
자신이 만든 세상에
기꺼이 스스로 갇히셨다.

그 세상의 빗장을
푸는 방법을 모르셨을까?

녹이 쓴 빗장은 이제
열리지 않는다.

맛있어져라!

엄마가 치매 판정을 받고 해포쯤 지났을 때,
앞으로는 엄마가 만들어주시는 음식을 먹을 수 없다는 것을
깨달았다. 당시의 엄마는 치매로 하루에도 몇 번씩
이상 행동을 하시다가도 또 가끔은 멀쩡한 정신으로 대화를
나누기도 했었지만, 정신적으로나 육체적으로도
예전처럼 음식을 만들기는 어려웠다.

엄마는 특출나게 음식을 잘해서서 주변 사람들로부터
식당을 해보라는 권유를 종종 받곤 하셨다.
그런 엄마가 해주셨던 음식 대부분을 사랑했지만,
그중에서도 최애 음식은 단연코 '무짠지'였다.
서울에서는 '무채김치'로 불렸는데, 우리 집에서는 그것을
'무짠지'라 불렀다. 이름만 달랐던 것이 아니고
서울의 무채김치와는 맛은 물론 모양까지 조금 달랐다.
우리가 아는 무채김치는 고춧가루가 조금 들어가고
설탕을 넣어 좀 달고 시원한 맛이라면, 엄마의 무짠지는
고춧가루가 더 많이 들어가 아주 빨갰다.

엄청 매워 보이지만 실제 맛은 그리 맵지 않으면서
약간의 생강 맛과 함께 설명하기 어려운 감칠맛이 났다.
밥맛이 없는 날이면 큰 그릇에 밥 한 그릇과
엄마의 무짠지를 넣고, 고소한 참기름을 작은 원을 그리듯
두 바퀴 정도 휘휘 뿌려 넣고 쓱쓱 비벼 먹으면
밥맛이 다시 돌아왔다.

이제 다시는 엄마가 만들어주던 음식을 먹을 수 없다는
생각에 우울한 나날을 보내던 중, 그날은 평소보다
엄마의 컨디션이 좋아 보였다.
아침부터 오후까지 내내 이상 행동을 하지 않으셨고,
그런 엄마의 컨디션을 이리저리 살피다 엄마에게
조심스럽게 물었다.
"엄마 나한테 무짠지 좀 만들어줄 수 있어?"
내 말에 옆에 앉아 계시던 아버지가 핀잔을 줬다.
"야 이 녀석아, 네 엄마가 지금 어떻게 음식을 만드니?"
아버지의 말에 이내 포기하려던 순간 멍하게 앉아 있던

엄마가 반응을 보였다.

"무짠지? 우리 아들 무짠지가 먹고 싶어?

근데 집에 무가 있나?"라고 말씀하시고는

벌떡 일어나 부엌 쪽으로 걸어가셨다.

주방의 이곳저곳을 뒤지시다가 무가 없다고 말씀하시며,

슈퍼에 가서 굵고 싱싱한 무 두 개를

사 오라고 했다. 엄마의 말에 무를 사기 위해 나는

동네 슈퍼로 열심히 달렸다.

오늘이 아니면 어쩌면 다시 없을 기회라는 생각이 들었다.

슈퍼로 달려가며 왠지 눈물이 왈칵 쏟아질 것 같았지만,

눈물을 참으며 대입 체력장 100미터 달리기 할 때보다

더 열심히 달렸다. 무를 사서 집에 돌아오니 엄마는

이미 마루에 큰 스테인리스 양재기를 펼쳐 놓고 있었고,

내게 무를 전해 받고는 아프기 전처럼 능숙하게

씻고 다듬었다. 그리고 무를 썰기 위해 엄마가 도마 앞에

자리를 잡고 앉았을 때, 난 마음속으로 기도했다.

'하나님, 잠깐만이라도 엄마가 아프지 않게 해주세요'라고.
내 기도가 통했는지 엄마는 빠른 속도로 능숙하게
무를 얇게 썰기 시작했다. 동그랗고 얇게 썬 무를,
카드 마술을 시작하는 마술사처럼
손으로 주르륵 펼쳐서 일렬로 만들었다.
그리고 다시 빠른 속도로 무를 채 썰어나갔다.
순간 빛이 반짝하는 것처럼 아프시기 전의
엄마 모습이 보였다. 빠른 속도로 채 썰던 엄마가 중간쯤에
갑자기 칼질을 멈추고 내게 말했다.
"무를 채칼로 썰면 더 빠르고 편한데, 그렇게 하면
무의 결이 망가져서 맛이 없어. 그래서 조금 힘들더라도
이렇게 칼로 일일이 채 썰어줘야 맛있단다."
음식을 만드시며 엄마가 내게 그런 설명을 한 것은
처음이었다. 엄마는 "큰일을 할 남자는 주방에 들어오면
고추 떨어진다"고 말하시며 형제들의 주방 출입을
금하시던 옛날 사람이었다. 그랬던 엄마가 자신의 기억을

되살리기 위해서인지 아니면 다시는 아들에게 음식을
만들어줄 수 없으니 잘 기억했다가 직접 만들어 먹으라는
의미인지 만드는 과정을 내게 세세하게 설명해주시며
무짠지를 만들어나갔다. 무짠지가 거의 완성되고, 옆에서
지켜보던 내가 들뜬 목소리로 엄마에게 다 된 거냐고 물었다.
"아니, 아직 한 가지가 남았단다."
"한 가지? 이제 다 된 것 같은데?"라고 내가 묻자, 엄마는
빙그레 웃으시며 "주문을 외워야지"라고 말씀하셨다.
엄마는 눈을 감은 채로 완성된 무짠지 위에 손등이
보이게 한 손을 쭉 뻗어, 손을 시계 방향으로 빙빙 돌리며
마치 기공사가 기를 모으는 동작을 해 보이면서
낮지만 결기 있는 목소리로 주문을 외웠다.

"내 아들이 먹을 거니 맛있어져라, 얍!"
음식을 완성하신 후 엄마는 피곤하신지 소파에 누워서
한참 동안을 주무셨다. 긴 잠에서 깨어나셨을 때는
다시 치매를 앓는 할머니로 돌아왔다.

그날의 엄마는 아들이 자신이 만든 무짠지를 먹고
싶다는 말에, 희미한 기억 속에서 무짠지를 만드느라
아주 조금 남은 기마저 다 소진한 것처럼 보였다.
그 정성 때문이었지, 그날 엄마가 만들어주신 무짠지는
내 평생 엄마가 만들어주셨던 무짠지 중에서 가장 맛있었다.
그 후로 시간이 많이 흘러 예전 엄마의 바람과 달리
나는 음식을 만들기 위해 주방에 자주 드나든다.
음식을 만들기 위해 주방을 들락거려도 고추가 떨어지지
않는다는 것도 알게 되었고, 내가 엄마의 음식 솜씨를
물려받아 요리에 재능이 있다는 것도 뒤늦게 알게 되었다.
그날의 기억을 더듬어 무짠지도 만들고, 장조림, 꽁치 김치찜,
김치볶음, 각종 찌개류 등을 만들어 형제들과 아버지와
함께 나누어 먹기도 한다. 그렇게 엄마의 레시피와 함께하며
음식을 만들 때마다 나 역시 완성되면 비록 마음속으로지만
엄마처럼 조용히 주문을 외운다.

"맛있어져라 얍!"

자발적 가난

엄마,
이제 좋은 옷도 입고,
맛있는 음식도 드시고,
멋진 곳으로 여행도 다녀요.

내 권유에 엄마는 화들짝
놀란 눈을 하곤, 그러면
큰일 날것처럼 사신다.

"엄마는 괜찮단다.
너나 엄마처럼 살지 말고
인생을 즐기며 살렴."

엄마도,
좋은 것이 뭔지 알고,
드시고 싶은 것도 많고,
가보고 싶은 곳도 많았지만,
어느 것 하나 누리지 않으셨다.

엄마는
자발적 가난자이다.

알아요

알아요.
우리를 잊지 않기 위해
우리가 생각하는 것보다
훨씬 더 많이 노력하셨다는 것을요.
그럼에도 불구하고 엄마의 기억 속에서
쓸쓸히 잊혀져가는 우리는,
엄마의 노력에 찬사를 보내요.

결국 엄마의 기억 속에서
우리 모두 다 잊혀진다고 해도
엄마의 노력은 잊지 못할 거예요.

수고했어요, 엄마.
그동안 참 많이 애쓰셨으니
이제 그만 다 잊어도 되요.

이제 그만
애써도 괜찮아요.

엄마의 당부

담담할 것,

모든 이별 앞에서
담담하기를 당부한다.

다섯번째 편지.

따뜻한
밥 한 끼

THE
5TH
LETTER.

좋은 것들

창틈 사이로 들어오는
따뜻한 봄 햇살.
날 보며 웃어주는 엄마의 미소.
첫눈 내린 밤,
아직 아무도 걷지 않은
눈 위를 당신과 걷는 일.
낯선 길을 걷다 어디선가 들려오는
당신과 내가 좋아하던 그 노래.
양철로 만든 처마 지붕 밑에서
비 오는 날 당신과의 소주 한잔.
엄마가 지어주신 따뜻한 밥 한 끼.

이렇게 좋은 것들은
아끼지 않아도 된다.

이런 욕심쯤은
얼마든지 부려도 좋아.

당신의 바다

해풍에 얼굴이 검게 그을린 채
미역을 따던 해녀가 말했다.

"파도치는 날에 미역 베는 일은 목숨을 걸어야 하오.
파도가 잔잔한 날은 괜찮지만, 파도가 센 날에는
진짜 목숨을 걸어야 하오. 그만큼 위험한 일이오."

그 말을 듣고는 멍청한 질문을 던졌다.

"그럼 파도가 잔잔한 날에만 바다에 들어가시면 되잖아요?"

질문을 들은 해녀는 쓸쓸하게 웃으며 답했다.

"살려면, 애들 키우려면 그럴 수가 없소.
우덜은 다 그렇게 목숨 걸고 애들을 키웠소."

파도가 철썩! 어리석은 내 등짝을 때리고 갔다.

세상의 열쇠

엄마도 잘 모른단다.
다 아는 것처럼 굴며
인생을 헛헛하게 사는 것은
귀하디 귀한 시간을 낭비하는 거란다.

인생을 살면서 다 알 필요도,
다 알 수도 없는 일이 천지란다.
어떤 것은 바람에 맡겨두기도 하고
또 어떤 것은 시간에 맡겨두렴.

아침에 잘 잤느냐고 인사하는 것,
밤에 잘 자라고 인사하는 것,
네가 아주 작고 하찮다고
생각하는 것을 열심히 하렴.

세상은 그런 작고 하찮은
일에서부터 시작되는 거란다.

재미나게

엄마가 심드렁하게
귤 하나를 까서 내게 건넨다.

"먹어."

시어서 싫다는 내게
그냥 재미로 먹으라고 하신다.
밥맛이 없는 날에도
재미로 먹으라고 하신다.

기쁘거나 슬픈 날에도
내게 뭐든 건네며
재미로 먹으라고 하신다.
평생을 재미없게 사신 분이
내게는 재미나게 살라 하신다.

엄마의 레시피

요리를 할 때,
신경 써서 해야 할 것이
바로 불 조절이란다.

사람들은 '뜨겁다'는 것을
'열정적'이라고 착각해서
뜨거워야 좋다고 생각하지만,
자칫 잘못하면 상대방은
그 뜨거움에 데일 수도 있단다.

불 조절에 실패하면 까맣게 타버리거나,
혹은 정성들여 끓이던 국이 흘러넘쳐
불마저 꺼트려버릴 수도 있지.

센 불도 필요하지만,
때론 은은한 불이어야 할 때도 있단다.
요리를 할 때도, 사람들과 소중한
인연을 만들어갈 때도 말이야.

엄마가 가르쳐주신
레시피.

THE 5TH LETTER

00006

자랑

엄마에게 예쁜
꽃을 드렸다고 자랑해.
어젯밤 푸른 섬광처럼
빛나는 별똥별을 보았다고 자랑해.
너무 맛있는 떡볶이 집을
우연히 발견했다고 자랑해.
스쳐 지나갈 것 같던 검은 머리
소녀와 사랑에 빠졌다고 자랑해.
엄마가 나를 보고 방긋
웃어주었다고 자랑해.

뭐 그리 소소한 것까지
자랑이냐고 책망하겠지만,
아주 잠시 잠깐 찬란히 빛나는
찰나의 순간들을 자랑해.

이 모든 순간들이
영원하지 않을 테니
망설이지 말고 자랑해.

품

오늘은 힘들어도
오늘 밤에는 쉴 수 있다니
얼마나 다행이더냐.
내일 역시 힘들다 해도
아직 닥치지 않은 것이
또 얼마나 다행이더냐.

불행이 다 끝나야 비로소
행복이 찾아오는 것이 아니며
지친 꽃들도 밤에는 잔다.
내 지치고 어린 영혼
오늘 밤만은 세상의 근심
모두 내려놓고 잘 자라.

엄마의 포근한
품이 아쉬운 밤이다.

제주도에서

파란 하늘과
수평선 너머로
솜사탕 같은 뭉게구름.

적당히 불어오는
바람으로 잔잔하게
일렁이는 바다의 잔물결.

엄마의 손길 같은
따사로운 햇살과
엄마의 품속 같은
싱그러운 꽃내음.

슬픈 일은 하나도
일어나지 않을 것 같은
이곳에서 살고 싶다.

그날의 풍경

아주 오래전 가을이었던가?
당신의 무릎을 베고 쓸데없는 이야기를
참새처럼 조잘거리다가 단잠에 빠졌다.
당신이 내 이마를 쓸어주었고,
잠든 난 기분 좋은 미소를 지었다.

담 너머로 칼 장수 아저씨의
"칼 갈아~"라는 구성진 소리가 들리고,
골목마다 동네 아이들의 재잘거림으로
채워지던 더없이 정겨운 오후였다.

언제나처럼 평범한, 그래서 조금은 심심했던
아주 오래전 어느 가을 오후의 풍경.

그 평범한 순간이 다시 돌아오지 못할
소중한 시간이었음을 그때는 몰랐다.

소중한 시간은
그 귀함을 모르는 이들로부터
언제나 최선을 다해 멀어진다.

희망이라는 끈

치매를 앓던 엄마가 내게 건넨
알아들을 수 없던 수많은 단어 속에서,
고장 난 단파 라디오에서 우연히 잡힌
주파수처럼 잠시 잠깐 또렷한 언어로
내게 온기를 전해주기를 바랬다.

하지만 삶에 있어 대부분의 희망 사항은
언제나 희망에 그치는 경우가 대부분인지라
당신의 언어 대부분은 여전히 라디오의 지지직거리는
잡음 소리처럼 알아들을 수 없는 단어들로 이루어져 있다.

나는 오늘도 고장 난 라디오 앞에 앉아 있다.
주파수를 이리저리 돌리며 한 번쯤은
우연히라도 제대로 된 주파수가 잡히기를
바라며 간절한 마음으로 귀를 기울인다.

이제 라디오의 배터리가
얼마 남지 않았다.

별똥 별

나의 이야기를
내가 너에게 하고
너의 이야기를
네가 나에게 하고

그 시간들이
밤하늘의 별들의 숫자보다
더 많이 켜켜이 쌓이면

너와 나의 이야기는
비로소 우리의 이야기가 된다.

철없던 어린 시절 한껏 가련한 표정을 만들어 보여
엄마에게 동전 몇 개를 얻어내 오락실로 달려간다.

지금은 레트로라고 멋지게 불리는 흑백 모니터에,
'스크램블'이라 거창하게 명명되어진 오락기 앞에 앉아
엄마에게 간신히 얻어낸 50원짜리 동전을 밀어 넣는다.

게임이 시작되면 사방에서 날아오는 적군의 미사일을
피해 요리조리 날아다니며 아이템을 획득한다.
아이템을 획득할 때마다 내 비행선은 이전에 없던 강력한
폭탄을 지니게 되고, 기예에 가까운 솜씨로 적의 미사일을
피해가며 아이템을 계속 획득하면서 폭탄의 개수를
늘려나가면 뒤에서 구경하던 동네 아이들의 신음 같은
환성이 터진다.

'그래 이 맛에 오락을 하는 거지'라며 방심한 순간,
적의 폭탄을 맞은 내 비행선은 굉음을 내며 폭발한다.

위기의 순간에 쓰려고 모아두었던 폭탄은 써보지도
못한 채 흑백 모니터에 게임 오버란 글자가 뜬다.
그 어린 나이에 처음으로 삶의 허망함을 느낀다.

행복이 그렇다.
'모아두었다가 요긴하게 써야지'라고
생각하지만 행복을 아낀다고
이자가 붙는 것도 아니다.
아끼지 말고 그때그때 쓰시라.

당신은
행복한 기억이 있나요?

제법 오래전, 《민낯》이란 인터뷰 책을 만들었다.
대부분의 인터뷰 책은 유명인이 유명인들을 만나 그들의
철학을 듣고 그 생각을 책에 옮기는 것을 목표로 삼으나,
내가 기획한 인터뷰 책은 일반인들을 인터뷰하는 책이었다.
출판사 사장님을 비롯해 주변 사람들은 일반인의 생각을
누가 궁금해하냐고, 그런 책을 내면 망할 거라고
만류했지만 난 일반인들도 유명인만큼이나
나름의 훌륭한 철학이 있을 거라는 굳건한 믿음이 있었다.
단지 그들은 말할 기회를 얻지 못했을 뿐
그런 기회를 내가 만들어준다면
자신만의 멋진 철학을 들려줄 것이라 기대했다.

내가 아는 거의 모든 출판사에서 거절당하다,
우연히 내 생각에 동의해준 출판사를 만나 우여곡절 끝에
인터뷰 책을 진행하기에 이르렀다.

인터뷰의 주제는 누구나 고민하며 사는 '행복'이었고,
인터뷰 대상은 열 명으로 한정했다.
인터뷰이는 주변 사람들에게 무작위로 추천받아서 정했다.
평범한 직장인도 있었고, 밴드를 하며
음식 배달을 해야 하는 가난한 드러머도 있었으며,
시각장애인인 분도 있었다.

인터뷰 책은 호기롭던 내 생각과 달리 처음부터
난관에 봉착했다. 인터뷰이들이 내 생각과 다르게
자신의 속에 있는 말을 잘 토해놓지 않았다.
말을 잘해서 인터뷰가 순조로웠던 분도 있었지만,
대부분이 쑥스러워하며 내가 묻는 것에만
겨우 대답하는 정도였다.
시간이 흐를수록 처음의 의기양양함은 사라지고
'과연 이 기획이 한 권의 책으로 완성될 수 있을까?'라는 조바심마저 생겨나기 시작했다.
책의 본문을 내 질문과 "예"와 "아니오"로만
채울 수는 없는 노릇이니 말이다.

그 열 분 중, 나를 가장 답답하게 한 사람은 이해루 씨였다.
해루 씨는 화장로 기사로 고인들을 화장하는 일을
하는 사람이었다. 해루 씨는 인터뷰이 중에 가장
단답형으로 말하는 사람이었고, 또 인터뷰하는 내내
가장 표정의 변화가 없는 사람이기도 했다.
당시의 그녀는 꽃다운 스물여덟 살이었고,
인형처럼 예쁜 얼굴을 가졌음에도 항상 어두운 표정을
짓고 있어서 미모가 어둠에 갇혀 있는 느낌이었다.

인터뷰를 위해 해루 씨를 두 번째 만났을 때,
스물여덟 살 그녀에게
가장 좋았던 나이가 언제였냐고 물었다.

해루 씨는 망설이지 않고
"제가 살면서 좋았던 적이 있나요?"라고 되물었다.
보통 이런 질문을 받으면 잠시 생각하면서
천천히 답하기 마련인데, 그녀는 내 질문이 끝나기
무섭게 재빨리 답을 내놓아 나를 당황시켰다.
애써 당황한 기색을 감추고 재차 그녀에게 물었다.
"단 한순간도 행복했던 기억이 없었나요?"
그녀는 어떻게 하든 생각해내라는 내 압박성 질문에
한참을 고민하다 답했다.
"없는 것 같네요. 떠오르는 게 없어요."
첫 번째 인터뷰 때 한 번의 결혼과 이혼을 경험했고,
전 남편과의 사이에 아들이 하나 있으며,
양육비를 받지 못하고 있다는 이야기를 들었지만,
그것만으로 그녀가 불행한 삶을 산다고 단정 지어
생각할 수는 없는 일이었다. 지금 당장은 지난한 삶으로

인해 자신의 삶이 불행하다고 느낄 수 있지만
그래도 살아온 나날 중에 단 한순간도 행복했던 기억이
없다는 그녀의 단호함에 적잖게 놀랐다.
열 분을 인터뷰하면서 가장 당황스러운 대답이었다.
'행복'에 대한 인터뷰 책인데, 살아오면서 행복한 순간이
단 한순간도 기억이 나지 않는다니
매우 난감할 수밖에 없었다.
해루 씨와 몇 번의 인터뷰를 진행하고는
쉽게 마음을 열어 보여주지 않는 그녀에게
약간은 포기하는 심정이 들었다.
세 번째인가, 네 번째인가를 끝으로 인터뷰를 마치기로
했다. 마지막까지 행복에 대한 기억이 없다는 그녀에게
나는 조금 힘 빠진 목소리로 명함을 건네며,
혹시 나중에라도 행복했던 순간의 기억이 떠오르면
명함에 있는 전화번호나 메일로 알려달라고 당부했다.

해루 씨는 늘 그랬던 것처럼 물기 없는 목소리로
"그러겠다"고 했다.
그 후로 육 개월이 지났고,
책을 만들며 조금 바빠진 일상으로 그녀와의
마지막 대화가 희미해질 무렵 그녀에게
한 통의 메일이 왔다.

'아직 주무시겠네요.
문득 떠오르는 게 있어 어쩔까 망설이다 메일 보냅니다.
저도 행복했던 적 있어요.
화장장 개원하고 얼마 안 되서 엄마가 돌아가셨어요.
임종은 못 지켰지만, 수시도, 염도, 화장도
제가 직접 해드렸는데 그때 행복했었네요.
좀 늦었지만 그래도 제게 행복했던 적이 있다고
이야기할 수 있어서 참 좋네요. 감사합니다.'

오이 맛 보름달

휘영청 밝은 달은
오이 맛이 납니다.
노란 달을 한입 크게 베어 물면,
엄마가 무심하게 치맛단에 쓱쓱 닦아
반으로 툭 잘라주시던 그 오이 맛입니다.
은은한 오이 향과 더불어 상큼하고
달큼한 맛이 입안을 가득 채웁니다.

외로운 날, 달 한 조각을
입안에 넣고 우물우물 씹고 있으면
그 시절 엄마의 치맛단 향기가 납니다.
어린 시절 길을 잃을까 두려워서
꼭 잡고 놓지 않던 엄마의 치맛단 말입니다.
달을 보며 행복했던 그때를 떠올립니다.

오늘 저와
달 한입 하실래요?

다이아몬드보다
빛나는 추억 .

내 친구 철호의
유년은 가난했다.
철호의 아버지도 가난했다.
가난이 죄는 아니지만,
가난한 삶은 죄처럼
여겨지던 시절이었다.

일터로 나가려는 아버지에게
철호는 100원만 달라고 졸랐고,
주머니를 뒤져도 아버지는 100원이 없었다.
그런 아버지에게 철호는 자신이 간직하며
아껴두었던 자신의 소중한 100원을 건넸다.
아버지는 아들의 100원을 말없이 받았다.

세월이 흘러
아버지의 유품을 정리하던
철호는 자신이 건넨 100원을 발견했다.
100원짜리 동전 위에 매직으로
'막내가 준 돈'이라고 적어 지워지지 않게
투명 스카치테이프로 돌돌 감쌌다.

가난했지만 다이아몬드처럼
빛나는 추억 몇 개.

심심한 행복

2017년이 저무는 12월의 어느 저녁에 질문을 하나 받았다.
'올해가 가기 전에 꼭 밥 한번 먹고 싶은 사람이 누구인가요?'
내 옆에 있던 나이 지긋한 사업가분이 먼저 대답했다.
"설현이요. 물론 그녀가 나와 밥 먹을 일은 없겠지만……."
그 자리에 있던 사람 중 아무도 웃진 않지만
분명 농담이었다. 그 질문이 다시 내게로 넘어왔을 때
난 쓸쓸히 웃으며 답했다.

"엄마요. 엄마가 아픈 이후로는 생각이 쭉 같았어요.
물론 설현과 식사를 한다면 즐겁겠지만,
전 그녀에게 궁금한 것이 없어요. 같이 밥을 먹고
싶은 사람에게는 제가 먼저 식사 자리를 청해요.
식사 제의를 거절하는 사람도 가끔 있지만,
대부분은 같이 식사를 할 수 있죠.
하지만 엄마가 아픈 이후에는 엄마와 마주 앉아
밥을 먹을 수 없게 되었어요.

엄마가 치매로 아프기 전에는 상상도 못 했고,
이런 날이 제게 올지도 몰랐어요.
예전의 저는 아무런 일이 없는 날은 심심해서 싫었는데,
엄마가 아프고 나서야 아무런 일이 없는 날이
너무나도 좋았던 날이라는 것을 깨닫게 되었어요.
엄마가 아프시기 전 그 어느 날이라도 돌아갈 수만 있다면
그날로 돌아가 엄마와 마주 앉아 이야기 나누며
따뜻한 밥 한 끼 먹고 싶어요.”

'부재를 통해 존재를 증명한다'는 말처럼,
뒤늦게 소중한 날의 의미를 알게 되었다.

아무런 일도 벌어지지 않았던,
조금 심심하지만 많이 행복한
저녁상의 의미를 모르고 지나쳐왔다.

그때 그날로

누군가 나에게
과거로 다시 돌아갈 수 있다면
어느 시절로 돌아가고 싶으냐고 묻는다면,

과거의 나였다면 아마
초등학교 4학년 때 별빛 같은 눈망울을 지녔던
그 소녀와 함께였던 시절이라고 말하거나,
돗자리를 펴고 아버지의 팔베개를 하고 누워
기관단총에서 쏟아져 나온 듯한 별을 보던 그 밤,
혹은 첫사랑을 깊이 앓으면서도 고백 한 번 제대로
못했던 찌질한 고등학교 시절이라고 말했을 것이다.

하지만 지금 나에게 영화 〈백 투 더 퓨처〉의
주인공인 마이클 J. 폭스가 '드로리안'을 몰고
불꽃 굉음과 함께 드래프트를 하며 나타나
과거의 어느 시점으로 돌아가고 싶냐고 묻는다면,

난 조금의 주저도 없이 답할 것이다.

"엄마가 치매를 앓기 전, 그 어느 때라도."

철없던 초등학교 4학년 때의 그 어느 날도,
아버지의 팔베개를 하고 밤하늘의 별을 쳐다보던 그 밤도,
떨리는 가슴으로 골목길에서 첫사랑 그녀를 훔쳐보던 그때도,
분명 눈물 나게 그립고 다시 돌아가고픈 시절이다.

하지만 지금의 나는 엄마가 치매를 앓기 전으로 돌아가서
아들인 내가 엄마를 얼마나 많이 사랑하는지,
치매도 그 기억만큼은 빼앗아갈 수 없을 정도의
충분한 사랑을 전하고 올 것이다.

만일 그때 그날로
다시 돌아갈 수만 있다면.

바보의 후회

사랑하는 이와 헤어지고 나서
'그런 사람 다시없을 거야'라고 추억하는 것.
방전이 된 차에 앉아서
'가끔 시동을 걸어줄걸' 후회하는 것.
너무 짠 국 앞에서
'간을 좀 볼걸' 한탄하는 것.
아들에게 멱살을 잡히고 나서야
'어릴 때 교육 잘 시킬걸' 발등을 찍는 것.
부모님의 영정 사진 앞에서
'사랑한다고 자주 말할걸' 아파하는 것.

기회가 충분할 때,
그 어떤 일도 하지 않은 이를
우리는 바보라고 부른다.
그렇게 살며 이렇게 될 줄 몰랐다면 바보이고,
세상의 바보들은 꼭 후회할 일을 만든다.
사람들이 그를
바보라고 부르는 까닭이다.

공평한 날

오늘 피고,
내일 지는 꽃도
꽃이란 이름으로 남고,

내일이 많은 사람과
어제가 많은 사람에게도
오늘은 공평하다.

장례식장에서

괜찮을 줄 알았는데
괜찮지 않았다.
담담하고 싶었는데
그러지 못했다.

헤어지는 일은 늘 버겁고
무겁기 마련이다.

함께했던 세월이 그간의
사연의 무게를 잰다.

현명한 삶

사람들의 삶의 남은 시간을
볼 수 있는 사람이 있었다.
그가 사람들을 보면, 사람들 머리 위 허공에
한 자리나 두 자리의 숫자가 쓰여 있었다.
드물게는 세 자리의 숫자를 지닌 사람도 봤다.
처음에는 그 숫자의 의미도 몰랐을 뿐더러 다른 모든
사람들의 눈에도 자신처럼 그 숫자가 보이는 줄 알았다.

하지만 나이를 먹어가며 그 숫자를
자신만 볼 수 있다는 것을 알게 되었다.
그 숫자가 각각의 사람들이 앞으로 살 수 있는 햇수를
의미한다는 것도 알게 되었다.
그런 특별한 능력을 지닌 그는 카페 테라스에 앉아
특별히 하는 일 없이 커피나 마시며 카페 앞을 지나다니는
사람들을 구경하는 악취미를 가졌다.
"와, 저 사람은 앞으로 칠십삼 년이나 살 수 있네.

에고, 저 사람은 이제 구 일밖에 못 사네"라며 카페 앞을
지나다니는 사람들을 보며 부러워하거나 안타까워하며
사람들의 남은 날들을 보는 것이 그의 일과이자 유일한
취미였다. 그런 그가 문득 자신의 남은 날이
얼마나 될지가 궁금해졌다.
다른 이들의 삶의 남은 날은 정확하게 보면서
정작 자신의 남겨진 날을 알 수 없다는 사실이 답답했다.

고민 끝에 세상 어딘가에 자신과 같은 능력을 지닌 사람이
또 있을 거라고 확신하며 그 사람을 찾아 나섰다.
봄, 여름, 가을, 겨울이 지나기를 수십 번 경험하며
오랜 세월을 찾아 헤맸지만,
자신과 같은 능력을 지닌 사람을 찾을 수가 없었다.
그 사이에 윤기 있고 까맣던 그의 머리칼은
푸석한 회색으로 변해버렸다.
몸과 마음이 지칠 대로 지친 그는

이제 그만 포기해야겠다고 생각하며
자신이 자주 찾던 카페 테라스로 향했다.

여느 때처럼 커피 한 잔을 시키고 테라스에 앉아
지나다니는 사람들을 봤다.
한 시간쯤 지났을 때, 건너편 식당에서 식사를 마치고
자신이 있는 카페 테라스에 자리를 잡고 있는 가족을
발견했다. 지친 자신과 달리 유난히 행복해 보이는
가족에게 저절로 눈이 갔다.
뭐가 그리 즐거운지 주문한 차가 오기도 전부터
그들 사이에서는 행복한 웃음이 떠나지 않았다.
늘 그랬던 것처럼 그는 자연스럽게 행복이 넘쳐나는
그 가족들의 삶의 남은 시간을 봤다.

'할머니는 앞으로 십구 년을 더 사시네.
지금 보기에도 칠십은 넘어 보이는데, 장수하시는군.

며느리인 것 같은 여성분은 삼십사 년을 더 살고,
손자는 앞으로 육십이 년, 손녀는 육십구 년을 사네.
다들 오래 사네. 어라? 가장으로 보이는 중년 남자는
남은 삶이 보름밖에 없네. 참 행복해 보이는데,
이런 사정을 모르는 그가 참 딱하네.'

그는 안타까운 마음으로 중년의 사내를 쳐다보고 있었다.
가족 무리에 섞여 행복하게 웃던 중년 남자는
시선이 느껴졌는지, 그의 자리로 와서 물었다.
"저를 아까부터 계속 쳐다보시는데,
혹시 저를 아는 분이신가요?"
중년 남자의 물음에 그가 좀 망설이다 답했다.
"참 죄송한 이야기이지만, 앞으로 보름밖에 못 사셔서
안타까운 마음으로 쳐다보고 있었습니다."
그의 이야기에 중년 남자는 놀라지 않고 담담하게 말했다.

THE 5TH LETTER

"네, 알고 있습니다."

"알고 있다고요?"

놀라야 할 중년 남자 대신 그가 놀라 물었다.

"네, 알고 있습니다.
저는 제 삶의 남은 날을 볼 수 있는 능력을 지니고
태어났습니다. 근데 그걸 선생님은 어떻게 아셨습니까?"

"자신의 남은 날을 알 수 있다고요? 전 선생님과 반대로
다른 사람들의 남은 날을 알 수 있는 능력을
지니고 태어났습니다. 지금 무척이나 행복해 보이는데,
가장인 분의 시간이 얼마 남지 않아서
안타까움에 그만 실례를 무릅쓰고 말씀드렸습니다."

그의 놀라운 말에도 중년 남자는 동요 없이 답했다.

"아, 그런 놀라운 능력이 있으시군요.
하지만 절 안타까워하실 필요 없습니다.
저 역시 사랑하는 가족들을 남겨두고 떠난다는 것이

286

마음 아프지만, 제 삶의 남은 시간을 알고 있어서
단 한순간의 시간도 허투루 보내지 않았습니다.
그렇게 최선을 다해 살았으니 조금의 후회도 없습니다."
중년 남자의 말에 그는 적잖게 놀랐다.
그리고 자신이 왜 그 오랜 시간을 의미 없이
허비하며 헤매었는지 후회가 일었다.

다시 돌아오지 않는
과거를 애절하게 들여다보지 말 것.
현재를 현명하게 살아가며
두려움 없이 행복한 내일을 맞이할 것.

깍두기라는 지혜

어린 딸이 묻는다.

"아빠 어릴 때에도 왕따가 있었어요?"

"아빠 어릴 때에는 왕따는 없었단다.

대신 깍두기가 있었지."

딸은 의아한 표정을 지으며 재차 묻는다.

"깍두기가 뭐예요?"

"이를테면 어떤 놀이를 하기 위해 모인 사람들을

두 편으로 나눠야 하는데 인원이 짝수가 아니라

홀수여서 반으로 나누기 애매한 거야.

열 명이면 다섯 명씩 나눠서 두 팀으로 만들면 되는데,

전체 인원이 열 한 명이라

반으로 나누니까 한 명이 남는 거지!"

남겨진 친구는 대부분 몸이 약한 친구였는데,
그때 우리는 남은 친구를 외면하지 않고
약간 전력이 기우는 쪽으로 그 친구를 보내줬단다.
그렇게 이쪽도, 저쪽도 다 낄 수 있는 친구를
깍두기라고 불렀단다.
우정이라는 톱니바퀴가 잘 돌기 위해서는
늘 잘 정제된 예의라는 기름이 필요한 거란다."

목욕탕에서

목욕탕에
가보면 안다.
몸 어딘가에
크고 작은 상처 하나
없는 이는 없다.

누구나 가슴속에
크고 작은 상처 하나쯤
간직하고 사는 것처럼 말이다.
누군가의 몸에 난
상처를 보면
사연이 궁금해진다.

묻지 말아야 할 것들이
살면서 가장 궁금하다.

살아가는 일

TV 쇼 프로그램에 야구, 농구, 축구선수 출신들이 나와서
자신이 했던 종목이 가장 어렵다는 이야기를 했다.
다들 기술적으로는 야구가 가장 어렵다고 인정을 했지만,
별로 뛰지도 않고, 뛰더라도 덕아웃에서 쉬는 시간이
많다는 이유로 육체적으로 힘든 것에서는
야구가 가장 먼저 제외가 되었다.

야구가 제외되자 농구선수 출신이 말했다.
"뭐니 뭐니 해도 농구가 가장 어렵지. 야구나 축구는
자신한테 볼이 안 오면 어슬렁거리며 안 뛰잖아?
농구 코트가 야구장이나 축구장보다는 작지만,
농구는 공격하는 사람도 수비하는 사람도 쉴 틈이 없어.
그러니 농구가 가장 힘든 운동이야."

그 말을 들은 축구선수 출신이 말했다.
"아, 농구는 추우면 히터 틀어주고,
더우면 에어컨 틀어주잖아.
축구는 추운 겨울에도 눈 맞으며 빤스만 입고 뛰어야 한다고.
그리고 더운 날 축구장 끝에서 끝까지 뛰어봐. 심장 터진다고.
그런 면에서 축구가 육체적으로 가장 힘든 운동이야."

그러자 가장 먼저 탈락한 야구선수가 조그맣게 읊조렸다.
"에이, 뭐니 뭐니 해도 사는 게 제일 힘들지."

그 말을 들은 사람들 모두
종목에 상관없이 고개를 끄덕였다.

꽃의 마음

엄마를 위해
꽃을 사 갈 때마다
"에고, 결국 시들어버릴 꽃을
왜 비싼 돈을 주고 사 온 거야."
라며 나를 타박하곤 하셨다.

그때마다
나는 엄마에게 말했다.

꽃의 시듦을 보지 마시고,
엄마를 위해 그 꽃을 살 때의
제 마음을 봐주세요.

누군가를
사랑하는 일은
내 안을
다 비워내고
그 안을 대상으로
가득 채워 넣는 일.

나에게 엄마가
했던 일.
뜨거운 순대 앞에서
엄마를 추억한다.

당신은
당신의
꿈이
무엇인지도
모른 채
살아왔다.
무엇을 위해
그리
열심히
살아냈는지
짐작조차
할 수 없는
삶이었건만,

당신은
내가
꽃이고자 했을 때,
기꺼이
땅이
되어주었다.

안녕,
나의
전부였던
당신.

박광수

Instagram @parkkwangsoo69
email pks69@hanmail.net

평범한 사람들의 삶을 감수성 깊은 언어와 그림으로 담아내는 작가.
누구나의 일상에 깃든 이야기들에서 길어 올린 언어로
많은 이들의 공감을 얻고, 마음을 어루만져주고 있다.
단국대학교 시각디자인과를 졸업했으며,
지은 책으로《광수생각》,《광수 광수씨 광수놈》등의 만화책과
《참 잘했어요》,《문득 사람이 그리운 날엔 시를 읽는다》,《살면서 쉬웠던 날은 단 하루도 없었다》,
《어쩌면, 어쩌면, 어쩌면.》,《해피엔딩》,《참 서툰 사람들》등 다수가 있다.

엄마, 죽지 마

1판 1쇄 발행 2021년 10월 29일
1판 2쇄 발행 2021년 12월 27일

지은이 박광수
발행인 양원석

편집장 최두은
영업마케팅 양정길, 강효경, 김보미

디자인 이유미

펴낸 곳 ㈜알에이치코리아
주소 서울시 금천구 가산디지털2로 53, 20층(가산동, 한라시그마밸리)
편집문의 02-6443-8844 **도서문의** 02-6443-8800
홈페이지 http://rhk.co.kr
등록 2004년 1월 15일 제2-3726호

ISBN 978-89-255-7927-6 (03810)